여름의 긍을
좋아하세요

이희영 장편소설

여름의 귤을
좋아하세요

창비

차
례

새 학기

　처음 고등학교 교복을 입던 날 엄마는 눈물을 보였다. 차라리 엉엉 소리 내어 울면 좋을 것을, 애써 괜찮은 척 엷게 웃었다. 하지만 두 눈에 맺힌 눈물은 미처 감추지 못했다. 베인 상처에 피가 흐르듯, 눈에서도 왈칵 눈물이 흐를 때가 있다. 가슴속 상처가 벌어지면, 두 눈에서는 피 같은 눈물이 흐른다. 그 사실을 나는 엄마를 보며 알았다.

　울울한 아파트 숲 주변으로 초등학교와 중학교가 모여 있었다. 그러나 고등학교는 선택의 폭이 좁았다. 매일 아침 만원 버스에서 시달리기 싫었다. 한 대를 놓치면 곧바로 택시를 잡아타야 하는 상황도 분명 짜증 날 것이다. 고등학생에게 중요한 건 시간이다. 남자애들만 우글거리는 남고도 싫었다. 도보로 십오 분 거리에 있는 학교를 두고 군이 더 먼 곳으로 다닐 이유도 없었다. 결국 나는 집 근처 학교를 선택했다.

"그래, 가까운 곳이 좋지."

엄마는 이렇게 말하며 고개를 끄덕였다. 아빠가 두 손으로 마른 세수를 하고는 어색하게 웃었다. 그 부자연스러운 미소를 만들기 위해 얼굴을 풀어 주고, 심호흡까지 했다. 나는 두 사람 앞에서 적절한 대답을 찾지 못했다.

죄송해요. 목까지 치받쳐 오는 말을 간신히 삼켰다. 아빠가 억지 미소를 만들 만큼의 시간이 나에게도 필요했다. 잘 생각해 보면 내가 죄송할 이유는 없었다. 아무도 그 학교는 절대 안 된다며 두 손 들고 반대하지 않았다.

"우리 학교에서도 많이 가. 도운이도 같이 가기로……."

아빠가 가볍게 어깨를 다독였다. 애쓰지 않아도 된다는 뜻이었다. 나는 그제야 내 실수를 깨달았다. 가까운 게 좋다는 엄마의 말에 당연하지, 대답하면 그만이었다. 아빠의 행동에 쓸데없는 의미를 부여할 필요가 없었다. 이 모든 상황은 내가 만든 환상에 불과했다. XR 헤드셋을 착용하기 무섭게 펼쳐지는 세상처럼, 아니 허상처럼 말이다. 부모님은 '왜 하필 그 학교니?' 질타를 보내지 않았다. 괜히 어색한 분위기를 만든 건 바로 나 자신이었다.

그렇게 중학교 졸업 후 자연스레 고등학교에 진학했다. 처음 교복을 입은 날, 엄마가 눈물을 보인 이유는 충분했다. 전신 거울 앞에 선 나조차 "와, 진짜." 소리가 튀어나왔으니까. 그러니 이 모습을 본 엄마의 마음이 어땠을지는 아무리 철없는 열일곱 살이라도 눈치챌 수 있었다.

"이따 학교에서 보자, 아들?"

아빠가 손을 들어 보였다. 나는 닫힌 방문을 곁눈질하고는 몸을 돌려세웠다. 초등학교도 아닌 고등학교 입학식에 누가 오냐며 투덜댔는데 두 분은 이미 외출 준비를 끝냈다. 이날을 위해 아빠는 휴가를 썼고, 엄마는 유치원 출근 시간을 오후로 조정했다.

어엿한 고등학생이라 큰소리쳤지만, 첫 등교는 으레 긴장되기 마련이다. 그건 중학교 때부터 나와 내내 붙어 다녔던 강도운도 마찬가지였을 것이다. 익숙하지만, 또 그만큼 낯선 모습으로 녀석이 아파트 정문에서 기다리고 있었다. 우리는 베일 듯이 빳빳하게 날이 서 있는 서로의 교복을 보며 키득거렸다.

"야 선우혁, 넥타이로 과일도 썰겠다. 각 잡힌 거 봐라."

새 교복을 입은 채 전과는 다른 등굣길로 접어들었다. 하지만 우리는 여전히 별것도 아닌 일에 시시덕거렸다. 고등학교 첫날 긴장으로 꽝꽝 언 마음이 녀석을 만나 조금은 풀어졌다.

"너 어제 왜 '난'에 안 들어왔냐? 나 접속했다고 메시지 떴을 거 아니야."

"그냥."

나는 눈을 들어 비슷한 뒷모습들을 바라보았다. 오래전 누군가도 이렇게 등교했겠지? 그 생각이 들자 까만 뒤통수들이 모두 한 사람으로 보였다.

"어른들이 툭하면 시간이 쏜살같다고 하는데, 빠르긴 진짜 빠르다. 나 오늘도 습관처럼 중학교 때 교복 찾았잖아."

녀석이 말한 시간은 지난 삼 년을 의미했다. 나는 그보다 더 거슬러 올라갔다. 시간은 정말 무서울 정도로 빨랐다. 폭우가 쏟아진 뒤의 계곡처럼 거침없이 흘렀다.

입학식이라 해 봤자 별건 없었다. 각 반 교실에서 교장 선생님의 홀로그램 환영 인사를 들었다. 학년과 과목별 선생님들의 소개가 이어지고 2학년들의 미니 오케스트라 연주가 시작되었다. 저절로 하품이 나오는 지루한 시간이었다. 입학식에 참석한 학부모들은 소강당에 모여 학교 운영 설명회를 듣는다고 했다. 내가 교실에 앉아 꾸벅꾸벅 조는 동안 엄마 아빠는 밖으로 나와 잠시 학교를 둘러봤을 것이다.

저녁은 오랜만에 아빠 요리를 맛볼 수 있었다. 입학 기념으로 특별히 준비한 소불고기와 잡채 그리고 몇 개의 밑반찬들이 식탁 위에 올랐다.

입맛이 까다롭거나 요리가 취미인 이들을 제외하면 음식을 직접 만들어 먹는 사람은 드물었다. 대부분 간편식을 찾거나 식당에서 포장해 오는 것이 일상이었다. 아빠는 주로 밀키트 전문점에 들러 저녁거리를 준비했다. 엄마는 퇴근길에 단골 식당에서 포장해 왔다. 아빠가 직접 요리하는 날은 결혼기념일과 가족 생일, 그리고 특별한 또 한 날이 있었다. 어쨌거나, 내 지루했던 고등학교 입학식도 그런 날에 포함된 줄은 미처 몰랐다.

"소강당도 리모델링했더라."

엄마가 젓가락으로 밥알 몇 개를 집어 들며 말했다.

"도서관도 복층으로 올렸잖아. XR실도 커졌고."

아빠가 엄마의 앞접시에 잡채를 덜어 주었다.

"당신 그때도 잡채 했는데."

"그랬나?"

소불고기는 적당히 달짝지근했다. 잡채는 면이 탱글탱글했다. 라면 하나도 제대로 못 끓이는 것을 보면, 나는 아빠의 요리 솜씨를 물려받지 못했다. 그 재주는 다른 사람에게 유전되었을까?

"가을 되면 학교 예쁘겠더라."

내가 혼잣말처럼 중얼거렸다. 문득 운동장을 빙 둘러 심은 은행나무가 떠올랐다.

"맞아. 참 예뻤지."

엄마가 대답했다. 과거형으로.

고등학생이 되었다 해서 특별히 달라진 것은 없었다. 공부할 양이 많아진 것, 수업 시간이 늘어난 것이 전부였다. 십 년 가까이 학생으로 살아오면 알게 된다. 학교란 클리셰 범벅이어도 관객몰이에 곧잘 성공하는 액션 영화와 비슷하다는 사실을. 모든 장면이 너무 뻔해 지루하지만, 적당히 긴장감도 있고 분주하며 가끔은 생각지 못한 일들도 일어나니까. 그렇게 단 며칠 만에 나는 새 학교에 완벽히 적응했다.

입학한 후 일주일이 지난 어느 날이었다. 집으로 돌아오는 길에 익숙한 뒷모습이 보였다. 나는 한걸음에 달려가 "정수민." 하고 불렀다. 형이 흠칫 놀라 돌아서는데 나를 보는 두 눈이 커지며 어깨에 멘 가방이 스르르 미끄러졌다. 내 시선이 바닥에 떨어진 가방으로 향했다.

"어…… 그…… 그래, 혁아. 갑자기 나타나서 놀랐다."

형이 민망한 표정으로 가방을 집어 들었다.

"나 이제 형 후배 됐어."

"그러네."

그제야 굳은 얼굴이 풀리며 뒤늦은 미소가 날아들었다.

"잘 어울린다. 우리 학교 교복이 없는 인물도 살려 준다는 전설의 교복 아니겠냐?"

바로 그 교복을 입었기에 가방이 떨어진 줄도 모른 채 나를 봤겠지. 형이 마침 잘 만났다며 가방에서 작은 카드를 꺼내 들었다.

"안 그래도 연락하려고 했는데. 입학 축하한다."

나는 괜찮다는 뜻으로 도리질 쳤다.

"기프트 카드야. 얼마 안 들어 있어."

형이 잠시 망설이다, 힘없이 웃었다.

"그냥 대신이라고 생각해."

그 말을 끝으로 수민 형이 뒤돌아섰다. 형은 오래전부터 나를 봐 왔다지만 정작 어릴 적 내 기억 속에 형의 모습은 없었다. 부모님들끼리 각별한 사이라 몇 번 함께 여행을 간 적이 있었는데 그때 형은 이미 대학생이 되어 있었다. 나는 카드를 주머니에 넣고 집으로 걸어갔다. 고등학생이 되었다는 설렘과 긴장은, 3월의 꽃샘추위처럼 빠르게 사라져 버렸다.

찰방, 수면 위 잔물결이 동심원을 그리며 둥글게 퍼져 나갔다. 그러나 찌는 움직이지 않았다. 멀리서 새소리가 들려왔다. 호수에 내려앉은 햇살이 은빛 비늘의 치어들처럼 파닥거렸다. 바람의 손길을 따라 나무우듬지가 하늘하늘 움직였다.

"너희 반은 어때?"

내가 물었다.

"뭐, 그냥 그렇지."

호수에 시선을 둔 채 도운이 대답했다. 녀석은 3반, 나는 1반이다. 쉬는 시간과 이동 수업 시간에 우리는 종종 복도에서 마주친다. 아직은 반 아이들과 데면데면한 나와 달리, 도운은 언제나처럼 금세 어울려 놀았다. 워낙 활발한 성격이라 누구하고도 쉽게 친해진다. 복도에서 종종 강도운을 부르는 소리가 들려오기도 하고, 몇몇 여자아이들 사이에서도 심심치 않게 이름이 오르내렸다. 도운에게 가장 어울리는 표현은 '웬만큼'이다. 녀석은 생긴 것도 웬만큼 훈훈했고, 성적도 웬만큼 좋았으며 성격도 웬만큼 무난했다. 그래서인지 도운의 주변에는 늘 친구들이 많았다. 사람들에게 잘 달라붙는다고 하여 별명마저 도깨비바늘이다.

"어, 입질 왔어. 물었다."

도운이 힘있게 낚싯대를 들어 올렸다.

"와! 핑크 피시야. 거기다 은빛 날개까지 있어. 앗싸, 오백 포인트 적립이다."

녀석의 머리 위로 금빛 동전이 떠올랐다. 팡파르가 울리며 사방에서 시끄러운 폭죽이 터져 나왔다. 도운이 물고기에서 바늘을 빼낸 후 호수로 돌려보냈다.

"너 이러다 진짜 낚시 왕 되겠다? 오만 점 금방 채우겠어?"

"오늘은 진짜 운이 좋았다. 핑크에 날개까지 달린 건 희귀템이거든."

녀석의 낚싯대가 호수로 돌아갔다. 허공에 반짝이던 금화도, 요란한 팡파르와 폭죽도 거짓말처럼 사라져 버렸다. 지금 나와 도운이 함께 있는 이 공간이야말로 거짓말 그 자체겠지만.

"너는 낚시가 재미있냐?"

"나쁘지 않아. 너도 흥미 좀 붙여 봐."

낚시에 흥미를 붙이라고? 미안하지만 그럴 일은 전혀 없다. 다만 이렇게 편안하게 이야기할 수 있는 공간이 좋았다. 서바이벌 게임이나 자동차 경주, 각종 격투 XR 게임은 체력 소모가 상당했다. 단순한 게임을 위해 굳이 몸까지 쓸 필요가 있을까? 가상의 적을 죽이고 몇 시간씩 차를 운전하는 건 게임보다 노동과 훈련에 가깝다. XR 전문 프로 게이머가 아니라면 대체로 관람을 몇 배는 더 선호한다. 아무리 가상 현실이 발전했다 해도, 여전히 모니터를 통해 보는 게임이 인기 있는 건 모두 이런 이유 때문이다. 대부분의 유저들은 손가락 몇 개로 즐기는 게임에 만족한다.

"됐다. 그냥 조용한 분위기가 마음에 들어서 오는 거니까."

메타버스에서 아이들은 콘서트에 가고 영화를 본다. 쇼핑과 레저 활동도 즐긴다. 실시간으로 게이머들의 전투와 격투를 관람하고 크루를 만들어 거리 공연도 한다. 물론 메타버스에서까지 학원에 다니는 아이들도 있다. 그러나 장시간 XR 헤드셋을 착용하느라 오는 피로도와 집중력 저하를 생각하면, 여전히 많은 이들이 현실 속 학원을 선호…… 아니, 부모님들이 그곳을 더 신뢰한다고 말할 수 있겠다.

"이번에 LUX-L(룩스엘) 3 나왔잖아. 우리 반 반장이 샀는데 완전 가볍대. 헤드셋 쓴 것 같지도 않다더라."

도운이 말했다.

"곧 있으면 LUX-E(룩스이) 시리즈 나온다던데. 기다렸다가 E 시리즈 사지."

"누가 모르냐? 가격이 문제지."

잔물결이 일어나며 미세하게 찌가 흔들렸다. 하지만 녀석은 움직이지 않았다. 참을성 있게 물고기를 기다렸다. 직접 뛰고 구르는 XR 게임은 그렇다손 치더라도, 열일곱이 중년처럼 메타버스에서 낚시를 즐긴다? 뭐 안 될 것도 없지만, 썩 자연스럽다고 볼 수도 없다.

"너희 반 애들도 알고 있냐? 너 여기 들어와서 낚시나 하는 거?"

"난에서 학원 다니는 줄 알아. 안 그러면 자꾸 여기저기서 들어오라고 하거든."

동네에서 모르는 사람이 없는 녀석이지만, 사실 도운은 A시에서 태어났다. 초등학교 6학년 때까지 그곳에서 살다가 졸업과 동시에 이사 왔다. 나와는 중학교 2학년 때 같은 반이 되면서 자연스레 함께 다녔다.

도운은 검은색 티셔츠 같은 놈이다. 어느 옷에나 잘 어울려 쉽게 손이 가지만, 가장 좋아하는 옷이냐 하면 또 그렇다고는 할 수 없는……. 어울려 노는 아이들은 많아도, 정작 녀석과 가깝다 할 만한 친구는 없었다. 녀석이 XR 헤드셋을 착용한 채 세월에 지친 중년처럼 낚싯대를 드리우고 있는 줄은 아무도 모를 것이다. 그럼 나는 가까운 친구일까. 글쎄? 적어도 나에게만큼은 난에서 학원에 다닌다는 둥 거짓말을 하진 않는다.

나는 도운의 은회색 머리를 바라보았다. 아바타 제작을 위해서는 전신 스캔이 필요하다. 그것을 베이스로 메타버스 속 분신을 탄생시킨다. 사실 아바타만으로는 상대가 누군지 눈치채기 힘들다. 헤어스타일은 기본이요, 피부와 눈동자 색까지 모두 바꾸니까. 거기에 메이크업 기능까지 추가하면, 자신과는 전혀 다른 캐릭터를 창조할 수 있다.

녀석은 딱 기본 옵션만 사용했다. 헤어 변경과 피부 보정만 했다. 아바타에 거의 손대지 않았다고 볼 수 있다. 공을 들이지 않는 건, 나도 마찬가지다. 아무리 화려하게 꾸며 봤자 아바타일 뿐이다. 딱히 존재감이 없기는 현실이나 메타버스나 크게 다르지 않다.

"참, 너 그 소문 들었어?"

무슨 소문? 되묻는 눈빛으로 고개를 돌렸다.

"2학년 중에 별명이 리틀 서지가 있대. 그런데 아마란스 리더 서지가 진짜 언니라는 말이 있더라? 서지 본명이 김서은인데 리틀 서지 이름이 김하은이라잖아. 야, 좀 신빙성 있지 않냐? 사실이면 대박이겠다. 언니가 아마란스 리더라니. 그럼 XR 최신형 헤드셋이 문제겠냐? 우리가 받는 용돈보다 공이 두 개 어쩌면 세 개는 더 붙을 거 아니야."

리틀 서지 소문은 들어 본 적 있다. 유명 아이돌 멤버와 판박이라서 그런 별명이 붙었다나? 직접 본 적은 없다. 1학년이 굳이 2학년 교실까지 올라갈 일 없으니까.

"어쨌든 요즘 아마란스 서지가 대세잖아. 서지로 프프 하는 애들 엄청 많을걸?"

도운이 말한 프프는 'Dear Family and Friend'의 줄임말이다. 한마디로 말하면 가상 음성 친구를 만드는 앱이다. 대화하고 싶은 인물의 음성 파일과 메시지를 입력하면, 인공 지능이 그 사람의 특징을 분석한 뒤 음성 친구로 재탄생시킨다. 다만 유명인을 친구로 만들려면 소속사에서 제공하는 전용 음성 파일과 자료만 사용할 수 있다.

"아마란스 소속사가 팬 커뮤니티에 음성 파일이랑 메시지 올려주잖아. 그걸로 프프 하는 거지."

"그 정도로 좋을까?"

도운이 고개를 끄덕이고는 말을 이었다.

"좋기도 하고, 그립기도 하고. 중3 때 우리 반에 어떤 애 할머니가 암으로 돌아가셨거든. 일 년 동안 할머니 동영상 찍고 메시지 주고받은 거 다 모아서 프프 프리미엄에 가입했다더라. 걔 아직도 자기 할머니랑 대화하는지 모르겠다?"

그런 애가 있었어? 물어보려다 그만두었다. 찰방 소리가 호수가 아닌 가슴에서 들려왔다.

"그래도 프프는 대부분 아이돌 많이 하잖아. 와, 근데 형제자매가 유명인이면 어떤 기분일까? 인기 아이돌까지는 바라지도 않는다. 나도 형이나 누나 있었으면 좋겠어. 몇 살 차이 안 나면 맨날 싸울 테니까, 이왕이면 좀 터울 지는 형제."

안 그래? 도운이 물었다. 정확히는 녀석의 아바타가 입을 열었다. 나는 바보처럼 두 눈만 끔뻑였다. 어떻게 대답해야 할지 머릿속이 멍했다.

"형제가 있으면 뭐가 좋아?"

질문인지 혼잣말인지 모를 소리가 멋대로 흘러나왔다.

"물론 좋기만 하겠냐? 그래도 외동으로 자란 애들은 조금씩 형제자매에 대한 로망이 있잖아. 너는 아니야?"

도운이 되물었다. 내 시선이 잔잔한 호수 위를 더듬었다.

"모르겠어. 나는……."

"어, 또 한 마리 걸렸다."

낚싯대를 감아올리자 푸른색 물고기가 튀어 올랐다. 도운의 머리 위로 100이라는 숫자와 함께 은화가 반짝였다. 팡파르와 폭죽은 없었다.

"기본 템은 작아서 손맛이 덜해."

물고기를 호수로 돌려보낸 후, 도운이 바늘에 미끼를 걸었다. 그래 봤자 메타버스에서 프로그램된 낚시 게임을 즐길 뿐이다. 하지만 녀석은 강태공처럼 진지했고 삶을 낚는 도인처럼 여유로워 보였다.

"아, 미안. 갑자기 입질이 와서. 그런데 아까 뭐라고 그랬지?"

"아니야, 아무것도."

내가 무슨 말을 하려 했는지 정작 나도 모르겠다.

"리틀 서지 말고 우리 학교 유명한 소문 하나 더 있는데. 너 그거 알아?"

아이들과 두루두루 잘 어울리다 보니 벌써 이런저런 소식까지 주워들은 모양이었다. 어떤 소문이냐 묻자 녀석이 나직한 음성으로 말했다.

"우리 학교에 십 년 넘게 다니는 학생이 있대."

"말이 돼?"

절로 헛웃음이 터져 나왔다. 그건 소문이 아니었다. 어느 학교에나 존재하는 그저 그런 괴담. 자정만 되면 음악실에서 피아노 소리가 들린다거나 미술실 석상이 피눈물을 흘린다, 따위의 얘기?

"근데 괴담치고는 너무 창의성이 없는 거 아니냐? 그거 완전 고전 공포 영화 내용이잖아?"

"그런 영화가 있어?"

"응, 1990년대 말에 나온 학교 배경 공포 영화."

"와 씨, 엄청 오래된 영화다. 네가 그걸 어떻게 알아?"

"우연히 영화 채널에서 봤어."

호수를 바라보며 녀석과 잠시 영화 이야기를 했다. 학교 소문이 괴담으로 이어지더니 결국 주제는 엉뚱하게 영화로까지 흘러갔다.

"어쨌든 십 년 넘게 학교 다니는 애를 만나면 성적이 드라마틱하게 오른다더라?"

도운의 한마디에 코웃음이 흘러나왔다.

"고등학교를 십 년 넘게 다녔는데 당연히 잘 알겠지."

"너무 몰라서 십 년 넘게 다니는 건⋯⋯."

녀석이 말을 멈추고 자리에서 솟구쳤다.

"망했다. 우리 엄마 왔어. 오늘 회의 있어서 늦는다고 했는데. 나 헤드셋 끼고 있는 걸 보면 잔소리 폭탄 투하할 거야. 미안, 먼저 간다."

훅! 불어 버린 촛불처럼 눈앞에서 도운이 사라졌다. River 님이 피싱랜드를 퇴장하셨습니다라는 문구가 허공에서 깜빡였다. 도운의 아바타 닉네임은 '리버'다. 메타버스에서 낚시를 즐기는 녀석에게 제법 어울리는 이름이다.

도운이 떠나자 호수에 드리워 있던 낚싯대도 사라졌다. 나는 핸드폰을 꺼내 휘휘 화면을 넘겼다. 몇몇 아이들이 '난달'에 접속해 있었다. 모두 친구 맺기를 한 녀석들이다.

- 야, 쏠! 너 난에 안 들어와?

- 삼십 분 뒤에 결승전 시작한다. 늦지 말고 들어와라.

내 아바타 닉네임은 '쏠'이다. 도레미파 계이름 중 하나가 아니다. 태양을 뜻하는 라틴어 sol에서 따왔다. 이름 한번 거창하네 하겠지만, 처음에는 선우혁의 첫 글자인 SUN을 하려 했다. 그런데 이미 사용자가 있다지 않는가. 그 대신 의미가 비슷한 SOL이라고 지었다. 내 아바타를 알고 있는 녀석들은 모두 쏠이라 부른다.

흔히 '난'이라고 줄여서 부르는 '난달'은 메타버스 플랫폼 이름이다. 길이 여러 갈래로 통한다는 뜻의 순우리말이다. 가상 현실

속에서는 원하는 곳을 마음껏 갈 수 있기에 난달이라 했다나? 뭐, 듣고 보니 그럴듯했다. 하지만 이름만 그럴싸할 뿐 메타버스 역시 현실과 크게 다르지 않았다. 모든 게 자본에 의해 돌아가니까. 다양한 것들을 경험하기 위해선 무엇보다 돈이 필요했다.

피싱랜드에 입장은 가능했다. 하지만 낚시를 하려면 난달에서만 통용되는 캐시를 충전한 뒤 이용권을 구매해야 했다.

 - 우리 크루 애들 댄스 배틀 붙었어. 쏠, 너 들어와서 응원 좀 해라.

화면에는 읽지 않은 메시지가 가득했다. 녀석들은 내가 이미 난에 들어와 있다는 사실을 알지 못했다. 나는 화면에 붉게 깜빡거리는 '상태 숨김' 버튼 위에 손가락을 가져갔다. 해제하면 친구들에게 곧바로 내 위치가 전송된다.

나는 눈을 돌려 호숫가를 바라보았다. 피싱랜드는 도운이 가끔 혼자서 낚시를 즐기는 곳이다.

 - 어? 네가 왜 피싱랜드에 있어? 낚시해?

 - 캐시가 남아도냐? 그런 곳에 쓰게?

 - 피싱랜드? 난에 그런 곳도 있어?

내 위치가 뜨기 무섭게 적잖이 시끄러워질 것이다. 나는 손끝으로 허공을 두 번 터치해 메뉴를 띄웠다. 호수에서 물고기가 튀어오르며, 피싱랜드를 퇴장하겠느냐고 물었다. 나는 허공에 뜬 '예'를 터치했다. 그 즉시 눈앞에 펼쳐진 호수와 나무들이 사라졌다. 아니 꺼져 버렸다. 나는 XR 헤드셋을 벗고, 움직이는 스마트 매트 위에서 내려왔다.

'외동으로 자란 애들은 조금씩 형제자매에 대한 로망이 있잖아. 너는 아니야?'

사람들과 웬만큼 잘 어울리고, 웬만큼 성격 좋은 녀석에게 나는 왜 대답하지 못했을까? 처음부터 속이거나 감추려는 의도는 없었다. 어쩌다 보니 말할 기회를 놓쳤다. 그 뒤로는 쭉 침묵했다. 처음 우리 집에 놀러 온 날, 도운은 거실 탁자에 놓인 액자를 보며 소리쳤다.

'야, 이거 너 몇 살 때냐? 은근히 옛날 느낌으로 되게 잘 찍었다.'

도운과는 그토록 많은 시간을 함께했는데, 지금까지 한 번도 이야기하지 못했다. 내가 외동이 아니라는 사실을. 사진 속 꼬맹이가 내가 아님을, 일부러 옛날 감성으로 찍은 게 아니라 정말 오래된 사진임을 고백하지 못했다. 카메라를 향해 브이를 그리는 아이는 내 형이었다. 비록 오래전에 세상을 떠났지만, 나에게도 분명 형이 있었다.

나는 밖으로 나와 닫힌 방문 앞에 섰다. 십이 년 전에 주인을 잃은 방은 시간이 지나도 열리지 않았다. 형은 열여덟 살에 세상을 떠났고 그렇게 엄마 아빠에게 영원히 아물지 않는 상처로 남아 버렸다. 내가 기억하는 형은 사진과 동영상 속 모습이 전부였다. 메타버스에서 퇴장하듯 한순간에 사라져 버린 형은 두 번 다시 우리가 사는 세상에 입장하지 못했다. 그것이 죽음이라는 사실을,

고작 다섯 살이었던 나는 이해하지 못했다.

문을 열자 삐거덕 소리가 크게 들려왔다. 창을 바라보고 놓인 책상. 그 옆으로 커다란 책장과 침대, 옷장이 보였다. 방의 크기와 가구 배치, 다소 삭막한 분위기마저 모든 게 내 방과 비슷했다. 침대 옆에 스마트 매트를 깔아 놓은 것까지 똑같았다. 나는 책상 위에 놓인 LUX-S(룩스에스)를 보았다. 이제는 쉽게 구할 수조차 없는 XR 헤드셋 초창기 버전이다. 내가 쓰는 LUX-L 시리즈와는 비교 자체가 불가능했다. 모양도 크고 투박했으며 무엇보다 무게가 상당했다.

벽에 얌전히 걸린 교복은 내 것과 똑같았다. 아니, 똑같다는 표현은 어폐가 있었다. 틀린 그림 찾기처럼, 내 교복과 형 교복 사이에는 미세한 차이가 있었다. 첫 번째로 넥타이였다. 형의 타이는 짙은 남색이지만 내 것은 밝은 파란색이다. 재킷도 달랐다. 가슴에 수놓은 교표가 형의 것은 금색, 내 것은 은색이다. 사실 교복 변천사 따위 전혀 알고 싶지 않았다. 그런데 알게 되었다. 형이 영원히 졸업하지 못한 그 학교를 무려 십이 년 뒤 내가 입학했으니까.

형은 그 흔한 고등학교 졸업 앨범조차 받을 수 없었다. 친구들이 형을 기리면서 자체 제작한 사진집이 전부였다. 세상에서 하나밖에 없는 그 앨범이 이 방 어딘가에 놓여 있다.

나는 교복 입은 형이 익숙했다. 엄마의 수많은 외장 하드 속에는, 그 시절 형과 어린 내가 남아 있다. 그 사진과 영상 들 속에서 형은 교복을 입은 채 나를 안아 주고 나와 놀아 주었다. 바쁜 아침에도 형은 헤어지기 싫다는 나를 안고 집 앞까지 나가곤 했다. 나는 엄마의 기록 속 고등학생 형을 알고 있다. 그러나 형은 고등학생이 되어 버린, 형과 같은 학교에 다니는 나를 전혀 알지 못한다.

엄마는 형과 나를 십삼 년 차이 쌍둥이라고 불렀다. 형 방에서 나오는 나를 보며 아빠는 손에 쥔 수건을 떨어뜨렸다. 형 사진을 향해 '너 어릴 때구나?' 도운은 의심 없이 물었다. 하지만 늘 대수롭지 않게 생각했다. 형제가 닮는 건 그리 특별한 일은 아니니까. 그런데 처음 고등학교 교복을 입던 날, 나는 비로소 알게 되었다. 거울 너머에는 동영상에서 보던 형이 서 있었다. 마치 가상 세계에서 형의 아바타와 마주한 기분이었다. 엄마가 입학식 날 눈물을 흘린 이유도, 아빠가 선웃음을 지었던 까닭도 충분히 이해되었다. 나는 시간이 지날수록 죽은 형의 모습이 되어 가고 있었다.

편지 하나

　아이들이 모두 돌아간 학교는 낮과는 전혀 다른 얼굴이야. 텅 빈 복도에는 한여름에도 냉기가 흐르지. 운동장은 두 배로 넓어지고, 강당 천장은 두 배로 높아져. 빈 객석보다 쓸쓸한 풍경을 보여 주는 곳이 바로 아이들이 떠난 학교야. 어스름 사이로 보이는 농구 골대는 아이들에게 시달리다 지쳐 앉아 쉬어 가는 거인 같아. 올해는 중앙 현관 화단에 삼색 팬지꽃과 다홍색 칸나, 노란색 만수국을 심었어. 그 사이사이 민들레가 점잖게 자리 잡았네. 화단에 심는 꽃은 매해 조금씩 바뀌는 것 같아. 십 년 넘게 변치 않는 건, 어디서 날아온지 모를 들꽃뿐이야. 민들레와 토끼풀, 이름을 모르는 초록 잎들이 올해도 어김없이 찾아왔어. 요즘은 그런 애들한테 시선이 더 많이 가더라. 혼자서도 꿋꿋하게 잘 크잖아. 학교는 늘 변함없지만 언제 어디서 어떻게 보느냐에 따라 전혀 다른 분위기가 느껴져.

　운동장에 은행나무들이 서서히 깨어나고 있어. 학교에는 또 한 번의 익숙한, 그리고 전혀 새로운 봄이 찾아왔어. 생각나? 나는 추운 게 진저리 치게 싫다 했잖아. 해가 짧은 하루도 싫고, 찬바람도 싫다 했어. 학교 오기가 그 어느 날보다 귀찮고 짜증 났거든. 눈이 오는 것도, 그 탓에 길이 질척거리거나 꽁꽁 어는 것도 싫다고 했어. 옷을 잔뜩 껴입어야 하고, 목도리나 장갑으로 중무장하는 일도 번거롭다고. 안 그래도 떨릴 텐데, 냉동고에 몇 년째 들어 있는 정체 모를 음식처럼 몸과 마음이 얼어붙은 채 시험장에 들어가기 싫다 했어. 그건 상상만으로도 끔찍한 일이라 했지. 새하얀 눈도, 화려한 연말도, 크리스마스조차 별 감흥이 없다 했어. 그런데도 나는 일 년 중 겨울을 가장 좋아한다고 말했어. 대체 왜? 네가 물었지. 나는 잠시 망설이다 그 이유를 말했어. 너는 작게 소리 내어 웃었지. 그렇구나. 그게 네 대답이었어. '고작'이나 '겨우'라고 말하지 않아서, 참 좋았어. 너는 웃을 때 두 눈이 완전히 사라졌지. 그 모습에 나도 모르게 따라 웃었어. 어쩔 수 없잖아. 네 미소를 보고 함께 웃지 않는 건 나에게는 정말 어려운 일이었거든.

가우디

메타버스에서는 터치 몇 번이면 공간을 자유롭게 이동한다. 사람이 움직이는 게 아니라 눈앞의 세상이 바뀌니까. 숲속을 거닐다 시끄러운 공연장에 가는 건 눈 깜짝할 시간이면 가능하다.

그에 반해 학교란 시간마저 멈춰 버린 곳이다. 폭우가 내린 뒤 길가에 고인 물웅덩이를 건너뛰듯, 모든 첨단 기술과 유행이 살짝 비껴갔다. 쥐부터 돼지까지 열두 마리의 동물이 차례로 지나가고 다시 쥐가 앞장설 동안에도 여전히 딱딱한 책걸상에 앉아 수업을 듣고 한 자 한 자 필기를 하며, 고작해야 넥타이와 가슴의 교표 색상만 바뀐 교복을 입어야 하니까. 그러니 아이들이 숙제한 노트를 일일이 걷어 1층에 있는 교무실까지, 학생은 절대 엘리베이터를 타면 안 된다는 불합리한 교칙을 지키기 위해, 직접 계단을 내려가 제출하는 수고를 마다하지 않아야 했다.

"어? 반장 대신 왜 네가 왔어?"

물론 노트를 걸은 건 반장이었다. 하지만 갑자기 녀석의 위와 장 괄약근이 자신의 존재감을 강하게 드러내는 탓에…….

"야, 미안한데 이것 좀 교무실 담임 자리에…….."

녀석은 뒤에 앉은 내게 노트를 던지듯 안겨 주더니 곧바로 화장실로 뛰었다. 사색이 되어 빛의 속도로 튀어 나간 반장의 귀에 "야, 이걸 내가 왜?"라는 나의 외침은 절대 들리지 않았겠지. 장과 괄약근이 자신의 존재감을 드러내는 순간만큼 인간이 민첩해지는 때도 없을 테니까.

"반장이 급한 일이 있다고 해서요."

무엇이 어떻게 급한지는 굳이 말하고 싶지 않았다. 담임 역시 듣고 싶지 않을 것이다.

"착하네, 우리 우혁이. 반장 일도 살뜰히 도와주고. 자, 이거. 제주도에서 온 귀한 거야."

담임이 내 손에 귤 하나를 쥐여 주었다. 그러고는 옆자리 선생님에게도 건넸다.

"쌤도 하나 먹어 봐요. 친구가 보내 줬어. 봄 귤인데 맛은 달아."

"아, 죄송해요. 저는 좀…….."

"신 거 싫어하시는구나. 이거 달아요."

나는 천천히 몸을 돌려세웠다. 이제 문을 향해 걸어가면 그만이다. 그런데도 눈에 들어간 티끌처럼 무언가가 자꾸만 신경을 건드렸다. 나는 담임을 향해 다시 돌아섰다.

"쌤, 저 우혁이 아닌데요?"

결국 내뱉고야 말았다. 두 선생님이 동시에 고개를 들더니 뭐? 싶은 눈빛으로 나를 보았다.

"성이 선우고 이름이 혁이에요. 외자입니다."

담임이 안경 너머 두 눈을 느리게 끔뻑였다. 나는 그대로 몸을 돌려 교무실을 빠져나왔다. 그깟 이름 따위 어떻게 불리든 상관 없었다. 학교에서 이름 자주 불리는 게 좋은 일도 아니고……. 그런데 누군가 우혁이라 부르면 손톱에 가시가 박힌 것처럼 신경이 곤두섰다.

"으, 침 고인다."

손에 쥔 귤을 내려다보며 스읍 하고 침을 삼켰다. 벌써 4월이다. 한낮에는 여름이 느껴지는데 귤이 나오다니. 하긴 제철 과일이라는 말이 무색해지긴 했다. 한겨울에도 싱싱한 복숭아와 수박을 먹을 수 있으니까.

"나도 귤은 별론데."

그 순간 문득 형이 떠올랐다. 교실과 급식실에서, 미술실과 도서관에서 누군가 형을 '선우 진'이 아닌 '선 우진'으로 부르지 않았을까. 형은 그럴 때마다 상대의 오류를 정정해 주었을까, 아니면 그냥 대수롭지 않게 넘겼을까. 나는 계단을 밟아 올라가며 생각했다. 형은 과연 이곳을 몇 번이나 오르내렸을까?

학교가 아무리 시간이 멈춘 곳이라 해도, 내 방과 벽 하나를 사이에 둔 그 공간만큼은 아닐 것이다. 그곳은 십이 년 전 형이 사라진 순간에 멈춰 있다. 벽에 걸린 교복부터 형이 읽었던 책들과 낡은 XR 헤드셋 그리고 스마트 매트까지 아무것도 변하지 않았다. 시간마저 봉인해 버린 그 공간이 엄마 아빠에게는 또 다른 가상 세계인지도 몰랐다. 내게는 보이지 않지만, 적어도 두 사람에게는 형이 또렷이 느껴질 테니까.

 "진이 중학교 1학년 때였지. 그해 겨울 네가 태어났어. 형은 여름, 너는 겨울이었다. 그 녀석 눈에 어린 네가 얼마나 작고 신기하게 보였겠니. 너를 참 예뻐했는데. 오죽하면 계좌 비밀번호도 네 생일로 했을까? 하루는 형에게 너를 맡기고 잠시 외출한 적이 있었어. 돌아왔더니 집은 장난감이랑 책으로 엉망이 되어 있고, 둘이 침대에서 마주 보며 잠들어 있지 뭐니? 순간 시간이 뒤죽박죽으로 섞인 기분이었어. 진이 어린 시절이 다시 돌아왔네. 혁이 미래가 코앞에서 잠들어 있네. 두 눈으로 보는데도 전혀 현실로 느껴지지 않는 거야. 너무 아름다운 풍광을 보면 현실 감각을 잊는다잖아. 딱 그런 기분이었어. 괜스레 코끝이 찡했다."

 엄마는 형을 보며 나의 미래를 예측했다. 둘째도 저런 모습으로 크겠지. 둘이 쌍둥이처럼 꼭 닮았으니까. 만약 형이 살아 있다면, 나는 성인이 된 형을 보며 서른 살의 내 모습을 짐작할 수 있었을까? 아니, 내가 고등학교를 졸업하고 대학에 간 뒤 사회인이 되면, 그 모든 과정을 지켜보는 엄마는 이제 나에게서 사라진 형의 미래를 발견할까. 그건 어쩌면 정말 잔인한 일인지도 몰랐다.

"너 이리 와. 1학년이 벌써 복장 봐라."

복도를 쩌렁쩌렁 울리는 목소리에 걸음이 멈춰 섰다.

"넥타이는 어디다 팔아 먹었어? 셔츠 단추 똑바로 안 잠그냐? 교복을 아주 개성 넘치게 입는 패션 피플은 1학년 몇 반 몇 번이실까?"

1학년 주임 선생님이었다. 아이가 얼굴에 선명한 짜증을 찍어 내며 반과 번호를 말했다.

"내일은 개성보다는 교칙에 맞는 복장으로 나를 찾아왔으면 좋겠어. 우리 내일 다시 보자."

학년 주임이 몸을 돌리자 빛을 피하는 바퀴벌레처럼 아이들이 교실로 숨어들었다.

"이 녀석들아. 아무리 개성이 어쩌고 시대가 저쩌고 해도, 각자 본분에 맞게 지켜야 할 것들이 있는 거야. 군인이 개성 따지며 군복 입디? 학생도 마찬가지야. 1학년 때부터 교복 잘 갖춰 입는 버릇해. 복장 엉망이면 나에게 개인적인 면담을 신청한다는 뜻으로 알겠다."

나는 재빨리 교복 매무새를 살폈다. 다행히 오늘은 잘 갖춰 입고 왔다. 세탁기 속 도둑이 매번 양말 한 짝씩만 숨겨 놓듯, 내 방에도 유독 교복 타이만 훔쳐 가는 도둑이 살고 있다. 분명 교복과 같이 걸어 두었는데 아무리 찾아도 보이지 않을 때가 있다. 그 괘씸한 타이 도둑 덕분에 중학교 내내 넥타이만 얼추 열 개는 잃어버렸다.

모처럼 큰맘 먹고 방 청소를 하거나 굴러간 동전을 따라 몸을 숙이면, 책상이나 침대 밑, 화분 뒤에서 엉망으로 구겨진 타이를 발견했다. 그렇게 찾아 헤매도 없던 것이 꼭 새 타이를 장만한 후에야 슬그머니 모습을 드러냈다. 그럴 때마다 엄마는 "벌써 몇 개째야. 그러게 잘 찾아보라고 했지?" 종주먹을 들어 보였다. 분명 정말 열심히 최선을 다해 찾았다. 내가 방을 샅샅이 뒤졌다는 사실을 CCTV로 녹화해서 보여 줄 수도 없고 참 답답할 노릇이다.

문득 형 방에 있는 교복이 떠올랐다. 벽에 얌전히 걸린 셔츠에는 타이가 걸쳐져 있었는데 지금은 착용하지 않는 짙은 남색이었다.

4교시가 시작된다는 예비종이 울렸다. 교실로 향하던 걸음이 3반에서 멈춰 섰다. 반쯤 열린 문틈으로 교과서를 꺼내는 익숙한 얼굴이 보였다.

"강도운."

소리치자 녀석이 뒷문을 향해 고개를 돌렸다.

"받아."

입질이 오기 무섭게 낚싯대를 낚아채는 녀석답게 날아오는 귤을 정확히 잡았다. 이게 뭐야? 싶은 황당한 표정을 뒤로한 채 나는 교실로 향했다.

"야, 뒤에 깨워라."

탁탁 교탁 두드리는 소리가 나른한 공기를 찢었다. 만성 불면증 환자도 숙면한다는 윤리 시간이었다. 오늘도 선생님이 설명하면 대부분 끄덕이 아닌, 꾸벅으로 대답했다. 여기저기서 하품 소리가 터져 나왔다. 눈치 없는 녀석들은 길게 기지개까지 켰다.

"이 녀석들아. 첫 수업이면 아침 일찍이라 졸리고, 4교시면 배 고파서 졸리고, 5교시면 배불러서 졸리고, 마지막 수업이면 힘들어서 졸리고, 대체 너희들이 안 졸리는 때는 언제냐?"

윤리는 몇 교시에 수업하는지가 그리 중요치 않았다. 하루 중 언제 들어도 졸리는 시간이니까. 윤리 선생님이 잠의 신 히프노스의 환생이라는 말이 있는데 상당히 신빙성이 있다.

"이게 다 그 잘난 메타버스 때문이지. 밤새 XR 헤드셋을 벗지 않으니 잠은 언제 자겠어?"

"그래서 지금 자요."

누군가 말했다. 그 즉시 아이들의 시선이 한곳으로 모였다. 제 딴에는 재치 있는 농담이라 생각하나 본데, 전혀 아니다. 진짜 유머는 듣는 사람 누구도 불편하지 않아야 했다. 저렴하기 짝이 없는 유머에 결국 윤리 선생님이 차갑게 표정을 굳혔다.

"그래서 안 졸리게 다음 시간에 쪽지 시험 볼까? 졸음 싹 달아

나는 수행 평가라도 내 줘?"

아이들이 일제히 야유를 보냈다. 그 뾰족한 외침은 정확히 한 사람에게로 날아갔다. 선생님이 진정하라는 듯 가볍게 책상을 두드렸다.

"말했지? 가상 현실에 중독되면 진짜 현실이 무너진다고. 적당히 조절해. 그리고 진심으로 경고하는데, 절대 메타버스에서 만난 사람들한테 너희들 정보 주지 마. 아바타 모습만 보고 혹해서 따로 만나도 안 돼. 그냥 아는 친구끼리나 어울려."

선생님이 잠시 뜸을 들이고는 한마디 던졌다.

"그나저나 너희들 난에 들어가서 뭐 하나?"

그 즉시 사방에서 활기찬 대답들이 튀어나왔다. 윤리 시간에는 좀처럼 보기 힘든 초롱초롱한 모습이었다.

"아이고, 우리 1반이 이렇게 적극적으로 대답하는 건 오늘이 처음이다."

선생님의 입가에 허탈한 미소가 지나갔다.

"너희들 혹시 난에서 '가우디'라고 들어봤어? 집 짓는 게임 말이야. 나 대학 다닐 때 한창 유행이었거든. 원하는 곳에 땅도 사고 자재도 사서 집 짓고 놀았지. 집들이도 엄청나게 유행했는데. 내가 지은 집에 사람들 초대해서 함께 놀고, 집 구경하고 막 그런 거. 진짜 그때는 가우디에 돈 엄청나게 썼다."

"대한민국에서는 충분히 유행할 만한 게임이네요."

반장이 말했다. 아이들이 키득키득 웃었다.

"맞아. 내 집 없는 설움을 그때 원 없이 풀었지. 나 이래 봬도 한때는 수영장 딸린 집에서 살았던 몸이야. 그런 의미에서 우리 인간의 다양한 욕망을 이야기한……."

그 순간 수업 끝을 알리는 종이 울렸다. 감사합니다! 소리친 아이들이 생기 넘치는 얼굴로 자리를 털고 일어났다. 학교생활의 유일한 낙인 점심시간이었다.

"안토니 가우디? 사그라다 파밀리아 성당?"

도운이 비스킷을 아작거렸다. 간식과는 거리가 먼 녀석이 어쩐 일로 과자를 다 먹지 싶었다. 반 친구가 줬다는데 포장부터가 예사롭지 않았다. 편의점에서 파는 그저 그런 종류가 아니었다. 누군지는 알 수 없지만, 남자가 아닐 확률이 압도적으로 높았다. 나도 눈치는 있는 놈이라 먹으라고 내민 비스킷에 정중히 고개를 저었다. 이것을 준 누군가는 나까지 먹는 것을 썩 달가워하지 않을 것이다. 분명히.

"스페인 건축가 말고, 예전에 난에서 유행했던 집 짓기 게임."

"난에서 유명한 게임이 한두 개였냐?"

내 말이 그 말이다. 시간이 흐르고 세상이 변하듯, 메타버스도 똑같이 흘러간다. 한때 유행했던 것들이 퇴색되고 지금 인기 있는 콘텐츠도 금세 식상해진다. 터치 한 번이면 입장과 퇴장이 가능한 만큼 변화의 흐름 또한 초고속이다. 그런데 왜 오래전에 인기 있던 게임이 자꾸만 머릿속을 간질일까.

"그건 갑자기 왜?"

도운이 아작아작 비스킷을 먹었다. 그 모습이 권태롭게 풀을 뜯는 소처럼 보였다.

"그냥 그 게임이 뭔가 해서."

"궁금하면 찾아보면 되지."

녀석이 주위를 두리번거리고는 주머니에서 핸드폰을 꺼냈다.

"너 아침에 핸드폰 안 냈어?"

"냈지. 공폰."

폰을 수거할 때 안 쓰는 핸드폰을 내는 녀석들이 있다. 그러나 걸리면 일주일 동안 압수고 반성문까지 써야 했다.

"왜, 오늘 무슨 날이야?"

핸드폰을 안 내는 이유는 다양했다. 기다리는 연락, 새 게임 론칭, 갖고 싶은 물건의 타임 세일, 좋아하는 가수의 새 음원 발매 등등. 아이들에게 핸드폰이 필요한 이유는 각 반의 책걸상을 모두 합한 숫자보다 많다.

"응. 피싱랜드 이벤트 하거든. 이따 5교시 끝나고 쉬는 시간에 응모해야 해. 이번에 잘하면 낚싯대 바꿀 수도 있어."

도운이 싱글거리며 화면을 터치했다. 이리저리 손가락을 놀리던 녀석이 이내 허! 하는 탄식을 내뱉었다.

"이 게임 망할 만하네. 그런데 아직도 유저들이 있긴 하다."

"지금도 있는 게임이야?"

내가 물었다. 도운이 마지막 비스킷을 입에 넣었다.

"와! 어떻게 이런 시스템이 먹히냐. 우리나라 진짜 호구들 많다."

코끝으로 진한 버터 향이 날아들었다.

"정말 별로다."

그 대상이 씹고 있는 비스킷인지, 가우디 게임인지는 알 수 없었다. 어쩌면 둘 다라는 생각이 들었다. 운동장 한구석에서는 삼삼오오 모인 아이들이 농구를 하고 있었다.

"귤 맛있었다."

도운이 툭 한마디 내뱉었다.

"귤?"

"응, 네가 아까 던져 줬잖아."

귤 그리고 가우디, 관계없는 이 두 단어가 이상할 정도로 신경을 건드렸다.

"표정 왜 그러냐? 혹시 귤에 독이라도 탔냐? 어, 이 새끼 왜 멀쩡하지, 이런 황당한 얼굴인데. 나 지금이라도 배 잡고 쓰러져야 해?"

네트가 철렁이자 와! 하는 열광의 함성이 터져 나왔다. 골이 제대로 들어간 모양이었다. 나는 고개를 돌려 페인트칠이 벗겨진 낡은 골대를 바라보았다.

"저 골대도 되게 오래됐겠다."

점심시간 끝을 알리는 종이 울렸다. 도운이 자리에서 일어나, 안 가? 하고 물었다. 나는 끙 소리를 내며 몸을 일으켰다. 시선이 멀리 건물 창으로 향했다. 봄 햇살에 반사된 유리가 하얗게 빛을 냈다. 터벅터벅 움직이는 도운을 따라 나도 걸음을 옮겼다.

나는 형보다 모르는 아이들을 더 많이 질투했다. 엄마가 유치원 원아들만 사랑한다고 믿었으니까. 시간이 흘러 내가 형의 나이와 비슷해지자 비로소 알게 되었다. 무너져 내린 엄마를 일으켜 세운 게 바로 그 아이들이란 사실을. 꼬맹이들 사이에서 환하게 웃는 엄마를 볼 때면, 녀석들에게 꾸벅 절이라도 하고 싶어진다. 여전히 엄마 주위에는 천사들이 있구나. 가끔은 코끝이 매워진다.

— 혁아, 엄마 오늘 회의가 늦게 끝나서 선생님들이랑 저녁 먹어야 할 것 같아. 아빠도 오늘 협력 업체 분들이랑 회식 있다고 했거든? 미안한데 알아서 저녁 좀 챙겨 먹어.

그러니 그깟 저녁 정도야 얼마든지 기쁘게 혼자 먹을 수 있다. 일곱 살도 아닌 열일곱에게 부모님의 회식 문자는 마냥 반가운 소식이다.

— 걱정하지 마. 내가 뭐 일곱 살인가?

— 차라리 일곱 살이면 덜 걱정하겠다.

역시 엄마는 눈치가 빠르다. 폰을 침대에 던져 놓고 노트북으로 시선을 옮겼다. 누군가 블로그에 가우디에 관한 설명을 올렸는데 그 글을 읽는 중이었다. 아! 이래서 그 녀석이 아무렇지 않게 호구라고 표현했구나.

가우디는 집 짓기 게임이다. 그런데 문제가 있었다. 집이 완성되면 유저들은 더는 게임에 캐시를 쓰지 않았다. 사람들의 관심과 활동이 줄어들자 개발사는 그 즉시 건물 관리와 유지 보수를 추가한 새로운 버전을 출시했다. 완성된 집을 소유하기 위해서는 잔디를 깎고 담장을 보수하며 낡은 곳을 수리해야 했다. 이 과정에서 자연스레 캐시가 필요하지만 이미 만들어 놓은 집을 돌보는 유저는 많지 않았다.

'우리나라 진짜 호구들 많다.'

녀석은 아무렇지 않게 호구라 했지만, 여전히 가우디에 캐시를 쓰며 집을 관리하는 유저들이 있었다. 뭐 사람마다 중요도와 가치관은 제각각일 테니까. 난에서 기껏해야 지루한 낚시나 하는 열일곱도 있지 않은가? 그러니 캐시를 써 가면서까지 가상 세계 집을 넓히고 관리할 수도 있지. 가우디가 처음 세상에 나온 건 십오 년 전이고, 지금 가우디를 이용하는 유저들의 평균 연령은 삼사십 대라 했다. 유저들 대부분이 중고교 또는 대학 시절에 처음 가우디를 접했단 뜻이다.

"십오 년 전에 게임이 출시됐고, 그 시절 유저들 대부분이 중고생……."

나는 의자에서 튕기듯 일어나 밖으로 나왔다. 그리고 닫힌 방문 앞에 섰다. 요즘처럼 머릿속이 복잡한 적이 없었다. 형과 똑같은 교복을 입고, 형의 학교에 다닌다 생각하니 기분이 묘했다. 교실에서 웃는 아이들처럼, 형도 저랬겠지? 운동장에서 농구를 하는 무리를 보면, 혹시 형도 저 골대에 공을 던졌을까? 그런 질문이 꼬리를 물었다. 그 느낌은 단순히 슬픔이 아니었다. 형에 대한 기억이 전무한 나에게 그리움은 불가능했다. 다만 복도를 걷거나 운동장을 가로지를 때, 도운과 나란히 벤치에 앉아 있을 때, 보이지 않지만 또렷한 시선이 느껴졌다. 처음에는 그저 기분 탓이라 생각했다. 하지만 그때마다 이상하게 형이 떠올랐다.

가만히 문손잡이를 움켜쥐었다. 손잡이를 돌리자 삐그덕 소리가 났다. 한 달에 한 번 부모님은 주인 없는 방을 청소한다. 그러나 이곳은 언제나 오래된 창고의 먼지 냄새가 났다. 나는 멈춰 버린 형의 공간으로 조심히 한 발을 내디뎠다.

제일 먼저 책상으로 가, 위에 놓인 낡은 XR 헤드셋을 집어 들었다. LUX-S 시리즈 두 번째 모델이다. 크고 투박하며 묵직했다. 이 XR 헤드셋을 써 본 기억은 없다. 혹시 어린 시절 형을 졸라 경험해 봤으려나? 한 가지 명확한 것은 내가 기억하기로 형이 사라진 뒤 한 번도 형의 물건에 손댄 적 없다는 것이다. 그런데 갑자기 왜? 자문해 보지만 딱히 답은 찾을 수 없었다. 나는 무언가에 홀린 듯 스마트 매트에 올라서서 형의 XR 헤드셋을 착용했다. 전원 버튼을 누르자 하얀빛이 쏟아지며 너른 바다가 눈앞에 펼쳐졌다.

"와, 진짜."

십 년도 지난 XR 헤드셋이 멀쩡히 작동했다. 엄마 아빠가 청소하며 틈틈이 충전했겠지. 언제 형이 돌아와도 바로 사용할 수 있도록…….

나는 천천히 고개를 돌려, 형의 세상을 보았다. 금기를 깬 사람처럼 갑자기 가슴이 두근거렸다. 윤리 선생님이 처음 가우디를 이야기했을 때, 돌연 흐릿한 장면 하나가 떠올랐다.

'혁이가 블록으로 집 만드는 것처럼, 형도 요즘 집 짓고 있어. 가우디에서. 그게 뭐냐고? 음, 혁이도 크면 알게 될 텐데…….'

그것이 진짜 형과의 기억인지, 내가 만들어 낸 환상인지는 모르겠다. 윤슬이 반짝이는 바다 위로, 가우디에 입장하시겠습니까? 글자가 떠올랐다. 메시지를 터치하자 바닷속에서 불쑥 거대한 문이 솟아올랐다.

가우디에 오신 걸 환영합니다.
입장하실 열쇠를 준비해 주세요.

나는 조금 더 가까이 다가갔다. 둥근 아치형 문에 손을 대자 눈부시게 파란빛이 뿜어져 나왔다. 눈앞에 Rattlesnake JIN이란 글자가 나타났다. 가우디에 들어갈 수 있는 아이디였다. Rattlesnake라고? 형은 왜 하필 방울뱀을 선택했을까? 어찌 됐든 아이디는 이미 저장돼 있었다. 문제는 이 문을 열 수 있는 열쇠다. 하지만 무슨 수로 비밀번호를 알아낼까. 불가능한 일이었다. 프로그램을 종료하기 위해 허공을 터치하려는데, 불현듯 엄마의 목소리가 떠올랐다. 나는 허공에 투명 키보드를 꺼내 내 생일을 입력했다.

죄송합니다. 맞는 열쇠가 아닙니다.

그렇게 간단할 리 없겠지. 이번에는 생일 뒤에 JIN을 덧붙였다.

죄송합니다. 맞는 열쇠가 아닙니다.

잠시 고민하다 생일 뒤에 내 이름 HYEOK을 넣었다.

죄송합니다. 맞는 열쇠가 아닙니다.

이번에는 에라 모르겠다는 생각으로 엄마 생일을 입력했다.

죄송합니다. 맞는 열쇠가 아닙니다. 비밀번호 5회 이상 오류 시 입장이 거부됩니다. 아이디와 비밀번호를 분실하셨을 경우 가우디 고객 센터로 연락하시거나…….

결국 여기까지인 모양이었다. 이 이상 형의 세계를 엿보려는 건 위험했다. 자칫 형의 계정마저 사라질지도 모를 테니까. 열쇠를 가진 사람이 세상에 없는데 그깟 계정이 뭐 대수일까 싶지만 내 실수로 형의 흔적을 지우고 싶지는 않았다. 이쯤에서 그만둬야 할 것 같았다. 메타버스를 종료하려는데, 엄마의 이야기가 다시금 머릿속을 스쳐 지났다.

'두 형제가 침대에서 마주 보며 잠들어 있지 뭐니? 순간 시간이 뒤죽박죽으로 섞인 기분이었어. 진이의 어린 시절이 다시 돌아왔

네. 혁이의 미래가 코앞에서 잠들어 있네.'

나는 여전히 열리지 않은 문 앞에 서 있었다. 깊게 숨을 들이마시고는 천천히 내뱉었다.

"형, 미안한데 진짜 마지막으로 한 번만."

어차피 기회는 한 번밖에 남지 않았다. 나는 허공에 뜬 키보드를 눌렀다. 엔터 키를 누르자, 두둥 소리와 함께 문이 열렸……으면 좋겠지만, 역시 아무 일도 일어나지 않았다.

맞는 열쇠가 아니라는 메시지조차 뜨지 않았다. 괜한 욕심에 형의 계정마저 사라지게 했다. 갑자기 찌르는 듯한 두통이 밀려들었다. 무거운 구형 XR 헤드셋을 착용했기 때문이라고 생각하기엔 자꾸만 마음 한구석이 따끔거렸다. 긁어 부스럼이라는 말이 괜히 있는 게 아니었다. 더는 형의 세계에서 서성거리고 싶지 않았다. 투구 같은 헤드셋도 벗어 던지고 싶었다. 커다란 철문은 꼴도 보기 싫었다. 메타버스를 벗어나려 돌아서는 순간, 등 뒤에서 쿠구궁 천둥 같은 소리가 들려왔다.

JIN 님, 반갑습니다. 가우디에 오신 걸 환영합니다.

몸을 돌리자 삐거덕 소리를 내며 아치형의 문이 열리고 있었다.

편지 둘

종이 울리면 복도는 대자연이 살아 숨 쉬는 아프리카가 되지. 맹수와 초식 동물의 추격전이 벌어지고, 까르르 크크 사방에서 새소리 같은 웃음이 날아들어. 수업 시간이면 무덤 같던 교실이 종소리 하나에 곧바로 사바나 초원이 된다니까. 시장통보다 더한 소란에도 책상에 엎드려 숙면하는 애들이 있어. 십여 년 전이나 지금이나 쉬는 시간 분위는 똑같아. 놀라지 마. 갑자기 복도에서 티라노사우루스 소리를 내는 아이들도 여전하다니까?

그래, 처음은 목소리였어. 국어 시간이었잖아. 아니면 역사였나? 담임이 들어왔던 건 확실해. 아마 역사 선생님께 일이 생겨서 시간표가 바뀌었을 거야. 아무튼 그게 중요한 건 아니니까. 선생님이 번호를 부르자 짧은 대답과 함께 맨 뒤에서 드르륵 의자가 끌렸지. 그러고는 네가 일어나 책을 읽었어. 솔직히 누구나 듣고 우와! 할 정도의 목소리는 아니야. 하지만 뭐랄까? 내 귀에는 조금 독특하게 들렸던 것 같아. 변성기는 지났는데 되게 맑은 음성이라고나 할까. 약간 중성적인 느낌도 들었어. 선생님이 교과서 낭독을 시키면, 이 귀찮은 걸 나한테 왜 시켜요? 싶은 표정으로 다들 웅얼웅얼 대충 읽잖아. 그런데 너는 아니었어. 한 글자, 한 문장, 한 단락, 참 정성스레 읽어 나갔지. 명확한 목소리에 빠르지도 느리지도 않은 적절한 속도로 말이야. 아마 그 리듬과 목소리가 듣기 좋았던 것 같아.

"목소리 좋네."

나도 모르게 혼잣말을 했어. 곧바로 짝이 은근한 미소를 보내더라. 순간 아차 싶었지. 괜히 말 한마디 잘못 했다가…… 중학교 2학년 때였나? 하루는 뒤에 앉은 아이가 머리를 자르고 왔잖아. 그냥 아무 생각 없이 잘 어울리네, 했거든. 그 한마디에 일년 내내 짝사랑 타령을 듣느라 정말 끔찍했지. 갑자기 그 악몽이 떠올라서 나는 지루한 표정으로 과장되게 하품을 했어. 네가 잘못 들은 거야. 잘못 들은 거라고. 짝을 향해 온몸으로 표현했지. 아니 항변했지.

"누구 귀에는 교과서 낭독이 자장가로 들리나 보네."

그 순간 선생님의 시선이 정확히 나에게 꽂혔어. 그때의 상황을 뭐라 표현하면 좋을까? 빙판길에서 살짝 휘청했는데 안 넘어지려고 몸부림치다 더 우스꽝스럽게 넘어진 기분이랄까. 쓸데없이 귀가 밝은 짝이 얄미웠어. 하품 좀 했다고 콕 찍어 핀잔을 주는 담임도 원망스러웠어. 수업 시간 내내 짝과 선생님에게 마음속으로 화풀이를 했지. 그래, 거기까지만 했으면 좋았을 거야. 그런데 나는 더 멍청한 짓을 했어. 그것도 황금 같은 쉬는 시간에 말이지.

"자장가로 들리지 않았어."

수많은 사람이 하루에도 몇 번씩 이상한 생각을 할 거야. 하

46

지만 그 엉뚱한 생각을 절대 입 밖으로 내뱉지는 않지. 그다음에 펼쳐질 상황이 짐작되니까. 물론 나도 알고 있었어. 그런데도 어쩐 일인지 마음의 소리가 제멋대로 튀어나왔어. 그것도 복도를 걷는 네 앞에 갑자기 나타나서 말이야.

"뭐?"

너는 급브레이크를 밟은 운전자처럼 놀란 얼굴이 되었어. 왜 인간의 뇌는 창피함을 미리 시뮬레이션할 수 없는 걸까? 왜 직접 경험을 해 봐야, 아 이게 대단히 매우 몹시 쪽팔리는 짓이구나, 뒤늦게야 깨닫는 걸까?

'목소리 좋네.' 나도 모르게 나온 말이 첫 번째 도미노를 건드린 거지. 차라리 그냥 알아서 넘어지게 놔둘 것을, 어떻게든 쓰러지는 블록들을 멈춰 보겠다고 분투하다 더 엉망으로 만든 거야. 그래, 이왕 이렇게 된 거 도미노든 학교든, 아니 온 은하계까지 다 무너져라 싶은 마음이 되어 버렸어. 한마디로 자포자기라고 할까?

"너 교과서 낭독 잘했다고."

나는 훈화를 시작하는 교장 선생님처럼 근엄한 목소리로 말했어. 너는 이유도 모른 채 교무실에 끌려간 초등학생처럼 멍한 얼굴이 되었지.

"어? 응. 그래…… 고마워."

나보다 몇 배 당황한 너를 보며 갑자기 피식피식 웃음이 나왔어. 그 상황에서 웃을 사람은 절대 내가 아닌데도 말이야.

"뭐가 고마워?"

너는 멋쩍은 표정으로 배시시 웃었어. 두 눈이 완전히 사라진 미소를 보자 문득 그런 생각이 들었어. 세상을 살다 보면 가끔은 일부러라도 바보 같은 짓을 해 봐야 한다고. 그러면 생각지도 못한 순간을 맞이하게 되거든. 하지만 그때는 미처 알지 못했어. 내가 건드린 진짜 도미노가 무엇인지를……

아바타

나는 반장을 향해 두 눈을 끔뻑였다.

"미안, 내가 좀 멍때리고 있어서 교감 쌤이라고 잘못 들었어. 누가 부른다고?"

"제대로 들었네. 교감 쌤이 너 점심 먹고 잠깐 오래."

누가? 교감 쌤이? 나를? 대체 왜? 나는 벌떡 일어나 돌아서는 반장을 막아섰다.

"야, 진짜야? 네가 잘못 들은 거 아니야? 교감 쌤이 나를 오라고 했다고?"

녀석은 귀찮음을 내비치며 사실이면 얼마 줄래? 되묻는 얼굴이었다. 오늘은 다행히 장과 괄약근이 잠잠한 모양이었다.

주변 아이들이 우리 둘을 보며 웅성거렸다. 입학한 지 얼마나 됐다고, 학기 초부터 교감실에 불려 가는 놈이 있다니. 소리 없는 탄식과 수군거림이 들리는 것 같았다.

"왜? 왜 나를 부르는데?"

그건 사고 친 네가 더 잘 알겠지, 싶은 눈빛으로 반장이 한마디 내던졌다.

"궁금하면 가 봐."

안 궁금하면 안 가도 될까? 그런 선택권이 있다면 이렇듯 가슴이 요동치진 않을 것이다. 입학하고 지금까지 내가 학교에서 한 행동들을 하나하나 떠올려 보았다. 지각? 안 했다. 복장 불량? 아니다. 싸움을 벌인 적도 없다. 수업 시간에 집중……은 솔직히 잘하지 못했다. 꾸벅꾸벅 존 적도 많았다. 하지만 고작 이런 이유로 교감 선생님께 불려 간다면, 교감실은 어린이날 놀이공원을 방불케 할 정도로 혼잡해질 것이다. 대체 담임도 아닌 교감 선생님이 나를 부를 이유가 뭘까?

"벌받는 건가?"

나는 털썩 자리에 주저앉았다. 설마 그 일이 교감 선생님 귀에까지 들어갈…….

"말도 안 돼."

정말 말도 안 되는 일이었다. 4교시가 시작되고 선생님이 교실로 들어섰다. 나는 반쯤 넋이 빠진 채 책상 위에 교과서를 꺼냈다.

"야, 역사잖아. 왜 수학 책을 꺼내?"

짝의 한마디에 나는 서랍 속 책들을 뒤적였다. 역사 책이 어떻게 생겼더라? 선생님이 뭐라 뭐라 열심히 설명했지만, 아무것도 집중할 수 없었다. 물에 빠진 듯 주위의 소음이 일렁이더니 서서히 멀어지기 시작했다. 누군가 책 덮는 소리에 뒤늦게 퍼뜩 정신을 차렸다.

한 시간이 어찌 흘러갔는지 기억나지 않았다. 역사 수업인지 수학이었는지조차 헷갈렸다. 종이 울리기 무섭게 아이들이 사라지는 마법의 점심시간이었다. 교감 선생님도 식사는 하실 테니, 지금 가 봤자 소용없을 것이다. 그나저나 교감실은 어디 있을까? 교장실 옆이겠지? 그런데 교장실은 어디지? 교무실 옆일까? 그럼 선생님들이 싫어하지 않으려나? 이런 쓸데없는 생각을 하다 거칠게 뒷머리를 긁적였다. 사실 교감 선생님의 갑작스러운 호출이 아니더라도 지금 내 머릿속은 폭발하기 일보 직전이다.

"내가 무슨 짓을 한 거야, 대체."

책상에 팔꿈치를 세우고는 두 손으로 이마를 짚었다. 어젯밤 일은 절대 꿈이 아니었다. 그렇다고 현실도 아니었다. 입에서 저절로 앓는 소리가 터져 나왔다.

설마 열릴까 싶었다. 이번에도 틀릴 확률은 99.9퍼센트라고 생각했다. 그렇게 비밀번호 입력란에 형의 생일과 내 생일인 7151210 그리고 JIN HYEOK을 차례로 입력했다. 엄마가 습관처럼 십삼 년 차이 쌍둥이라 말했으니까. 그 소리는 분명 형에게도 했을 테니까. 하지만 미동조차 하지 않는 문을 보며, 이번에도 틀렸구나 짐작했다. 그런데 정작 틀린 건 신형 XR 헤드셋에 익숙한 내 생각이었다. 형의 구형 헤드셋은 속도가 느렸다. 그렇게 약간의 시간 차를 두고 가우디의 문이 열렸다. 나는 무언가에 홀린 듯 주춤거리며 안으로 들어갔다. 형의 아이디와 비밀번호로 입장한 가상 세계였다. 나는 어느덧 그곳에서 형의 아바타가 되어 있었다. 무려 십이 년 전에 만들어 놓은, 어쩌면 훨씬 전에 만든 아바타일지도 몰랐다. 지금보다 꾸밀 수 있는 옵션이 적었겠지. 나는 거울을 불러내 메타버스 속 아바타를 바라보았다. 그곳에는 정말 형이 있었다. 머리 모양과 옷차림은 내 기억과 다르지만, 분명 형을 스캔한 모습 그대로였다. 처음 고등학교 교복을 입고 거울을 보던 그때로 돌아간 기분이었다.

반갑습니다, JIN 님. 4,140일 만에 가우디에 입장하셨습니다.

고개를 돌린 곳에, 초록 산새가 날갯짓했다. 도운이 자주 가는 피싱랜드의 안내자는 물고기였다. 사방이 숲으로 둘러싸인 가우디에서는 산새가 그 역할을 하는 모양이었다.

곧바로 JIN 님의 정원으로 가시겠습니까?

초록 산새가 물었다. 내가, 그러니까 형의 아바타가 멈칫했다. 4,200일 가까이 접속하지 않았는데도 형이 만든 집이 여전히 가우디에 존재한다니. 백번 양보해서 계정은 아직 남아 있다 치자. 하지만 무려 십 년 넘게 내버려 둔 공간이었다. 어떻게 여전히 보존될 수 있었을까. 이곳은 메타버스 세계였다. 그렇기에 오히려 많은 유행들이 현실보다 빠르게 사라지기도 했다. 사람들이 열광하는 것들도 하루아침에 흔적 없이 사라진다. 메타버스야말로 철저한 자본주의 시스템에 의해 돌아가니까.

"잠깐만. 이곳에 형…… 아니, 내 정원이 여전히 존재해?"

초록 산새가 허공을 날아다녔다. 그렇게 JIN의 정보를 모으는 모양이었다. 역시 구형 XR 헤드셋이라 모든 것이 느렸다. 아바타 주위를 돌던 산새가 말을 이었다.

JIN 님이 공유 친구로 등록한 분이 계시잖아요. 지금까지 그분이 JIN 님의 정원을 관리해 주셨습니다. 그 덕분에 JIN 님이 무사히 가우디로 돌아오실 수 있었고요.

"공유 친구? 그게 뭔데?"

공유 친구의 자세한 설명을 원하시나요?

형의 아바타가 고개를 끄덕였다. 그 즉시 허공에 스크린이 나타났다.

공유 친구란 가우디에서 건축한 집과 정원을 함께 관리할 수 있는 친구를 말합니다. 최대 세 명까지 맺을 수 있지만, 최초 소유자 권한은 없습니다.

최초 소유자가 뭐지? 이곳에 처음 집을 지은 아바타를 말하는 걸까?

"소유자 권한을 설명해 줘."

소유자 권한이란 가우디의 각종 이벤트와 아이템 할인 혜택을 받을 수 있는 권리를 뜻합니다. 가우디에서 집을 허물고 다시 지을 수 있는 권한 역시 최초 소유자에게만 있습니다.

공유 친구를 등록하면 함께 집을 관리하며 여분의 캐시를 쓸 수 있다. 더불어 공유 친구가 자신의 집을 새로 증축할 수도 있다. 그런데 공유 친구는 다양한 이벤트 할인 혜택도 못 받는다고? 현실에서 말하는 전세 개념인가? 그 집에서 살 수는 있지만, 진짜 내 집이 아니니 마음대로 처분할 수도 없고 집값이 올라도 나와는 상관없다는 뜻일까? 현실이든 가상이든, 자본이 몸을 키우는 시스템은 무서울 정도로 치밀했다.

형이 사라진 지 십 년도 넘었다. 그 긴 시간 동안 대체 누가, 형의 공간을 지켰다는 것일까?

"미안한데 내가 너무 오랜만에 접속해서 말이야. 혹시 형……아니 내 공유 친구…….'

그 순간 숲속에 경쾌한 멜로디가 울려 퍼졌다. 초록 산새의 두 눈이 반짝였다.

곰솔 님이 가우디에 입장하셨습니다.

"곰솔?"

녀석이 조금 더 가까이 날아왔다.

JIN 님의 유일한 공유 친구이십니다.

나도 모르게 꿀꺽 마른침을 삼켰다. JIN은 정확히 4,140일 만에 가우디에 접속했다. 그 메시지가 형의 공유 친구에게로 날아갔다는 뜻이다. 메타버스에서 친구 맺기를 한 사람끼리는 접속 여부가 핸드폰 알림으로 전송되니까. JIN 님이 가우디에 입장하셨습니다. 이 메시지가 무려 4,140일만에 곰솔의 핸드폰을 울렸을 것이다. 번호는 바뀌지 않았겠지. 그랬으니 JIN이 가우디에 접속하기 무섭게 들어왔겠지.

곰솔 님이 먼저 정원에 도착해 계십니다. JIN 님의 정원으로 이동하겠습니까?

이제라도 돌아서야 했다. 아무리 동생이라도, 형의 비밀번호를 알아내 멋대로 접속하는 건 금물이다. 오랫동안 형의 공간을 지켜온 누군가도 불쾌하게 생각하겠지. 엄마 아빠가 내 방문을 열 때 노크부터 하고, 내 핸드폰이나 컴퓨터, 헤드셋을 함부로 엿보지 않듯이. 물론 비밀번호 때문에 보려 해도 할 수 없지만, 어쨌든 나 역시 형의 공간에 허락 없이 출입하는 건 안 될 일이다. 비록 오래전 세상을 떠난 사람이라 해도, 아니 어쩌면 그렇기에 더더욱…….

"어, 저기, 나는……."

하지만 이토록 오랫동안 형의 세계를 관리하는 누군가가 있다니. 감사 인사 정도는 해도 되지 않을까? 형도 충분히 이해해 줄 것 같았다. 물론 알고 있다. 이런 생각들은 얄팍한 핑계에 불과하며 그럴싸한 자기 합리화라는 사실을. 그럼에도 만나고 싶었다. 형이 유일하게 자신의 공간을 허락한 그 공유 친구가 누구인지.

"내 정원으로 갈래. 안내해 줘."

저를 따라오세요.

초록 산새가 앞장서 날았다. 형의 아바타, JIN이 된 나는 천천히 뒤를 따랐다.

편지 셋

미술실에 새하얀 줄리아노가 있었어. 아마 1학년 수업이었지. 누군가 장난치다 선반 위 석고상을 깨뜨렸잖아. 다음 날 아이는 학교에 오지 않았어. 교통사고로 병원에 입원했다는 거야. 학교에는 줄리아노의 저주라는 괴담이 퍼졌어. 줄리아노는 스물다섯 살 젊은 나이에 살해됐잖아. 석고상이 돼서까지 부서졌으니 한이 맺혔다는 거지. 지금 미술실에는 줄리아노 대신 아그리파가 있어. 알고 있지? 그 유명한 판테온 신전을 완성한 사람 말이야.

그곳이 미술실이었나? 아니다, 음악실이었을 거야. 아, 이번에도 잘 기억나지 않는다. 다만 이동 수업이 있었던 날은 확실해. 교실에 돌아와 보니 필통이 사라졌네? 아차 싶었지. 음악실(혹은 미술실)에 두고 왔구나, 뒤늦게 생각이 났어. 나는 그 즉시 일어나 교실을 튀어 나갔지. 종이 치려면 아직 오 분이나 남았거든. 알지? 학교에서 오 분은 화장실 다녀와서 간식까지 먹을 수

56

있는 아주 여유로운 시간이란 사실을. 미술실(혹은 음악실)을 향해 전속력으로 달리는데, 맞은편 복도에서 네가 걸어오고 있었어. 바람처럼 스쳐 가는 나를 향해 네가 소리쳤지.

"혹시 이거 찾으러 가?"

나는 주춤 멈춰서 뒤를 돌아봤어. 네 손에 까만 헝겊 필통이 들려 있네?

"어. 어, 그거…… 그거."

선생님들이 제발 뛰지 말라고 하는 이유를 알 것 같았어. 복도에서 뛰면 정말 숨이 차거든.

"떨어져 있더라."

네가 필통을 건네고는 교실로 돌아갔어. 문으로 쑥 들어가 버린 껑충한 뒷모습을 보며 나는 혼자서 중얼거렸지.

"어떻게 내 필통인 걸 알았지?"

너는 키가 커서 맨 뒷자리에 앉았잖아. 나는 키가…… 뭐, 어쨌든 맨 앞자리고. 교실에서 별로 마주칠 일이 없었다는 뜻이야. 초등학생처럼 필통에 일일이 이름을 쓴 것도 아니고, 들어 있는 필기구라고는 샤프와 볼펜 몇 자루밖에 없는데……

이동 수업 시간에 봤을 수도 있겠지. 아, 맞아. 소강당에서 옆자리에 나란히 앉은 적도 있잖아. 아마 그때 우연히 내 필통을 봤나 보다 했어. 그렇게 교실로 돌아가 자리에 앉았지. 그러고는 아무 생각 없이 책상 위에 필통을 올려놓았어. 그 순간 나도 모르게 어? 소리가 튀어나오더라고. 왜냐고? 꼬질꼬질한 옛날 필통은 지퍼가 고장 나서 버렸거든. 어쩔 수 없이 그저께 학교 앞 문구점에서 까만 필통을 새로 샀지. 나는 슬쩍 뒤를 돌아봤어. 너는 뭐가 좋은지 짝을 향해 배시시 웃더라. 눈이 또 사라져 버렸어. 나는 다시 앞으로 몸을 돌려 새 필통을 열어 보았어. 필통이 바뀌었으니 필기구도 새로 장만했거든. 기분 전환을 위해 할 수 있는 일이라고는 고작 색색의 볼펜을 사는 게 전부였으니까. 그런데 너는 어떻게 이 필통이 내 것이라는 걸 알았을까? 하지만 멍청한 짓은 한 번이면 족했지. 괜한 질문은 그만하기로 했어. 다만 나도 모르게 자꾸 피식피식 웃음이 나오더라. 갑자기 왜 그러냐는 짝에게는 황급히 도리질 쳤어. 사실 내가 왜 웃는지는 나도 알 수 없었거든.

교복 바지에 손을 찔러 넣고 비척비척 복도를 걸었다. 대체 내가 무슨 짓을 저지른 거지? 아무리 생각해도 미쳤구나, 이 말밖에는 나오지 않았다. 나는 가우디에서 정신이 완전히 나가 있었다. 그런데 현실에서는 또 어떤 말도 안 되는 짓을 저질렀기에 교감실까지 불려 갈까?

— 인마, 그러게 왜 그런 엉뚱한 짓을 한 거야?

서늘한 공기 속에 형의 책망이 담겨 있는 것 같았다.

"정말 미안해. 그런데 나도 어쩔 수 없었어."

—핑계는.

"하지만 형도 그 상황이었다면……."

—네가 나냐?

그래, 나는 형이 아니다. 형이라면 그 상황에서 나처럼 엉뚱한 짓은 하지 않겠지. 형은 아바타 SOL이 아니라 진짜 JIN일 테니까.

복도를 걷던 두 다리가 문 앞에 멈춰 섰다. 나는 깊게 심호흡하고는 문을 두드렸다. 이곳은 현실 세계이니, 나를 안내해 줄 파란 물고기와 초록 산새가 없다. 허공의 터치 한 번으로 상황을 종료할 수도 없다. 결국 나 혼자 직접 부딪쳐야 한다는 뜻이다.

"들어오세요."

안에서 목소리가 들려왔다. 나는 조심스레 문을 열었다.

"어서 와요. 점심은 맛있게 먹었어요?"

교감 선생님이 의자를 가리켰다. 비록 홀로그램이었지만 입학식 때 한 번 본 적이 있다. 하지만 전혀 기억나지 않았다. 그건 다른 아이들도 마찬가지일 것이다. 학교의 최고 어른들을, 아이들은 최고로 빨리 잊어버린다.

"네."

사실 점심은 먹지 않았다. 아무리 생각해도 뭔가를 입에 넣고 우물거릴 수 있는 상황이 아니었다. 교감 선생님이 작은 냉장고에서 음료수 캔을 꺼내 내 앞에 내려놓고는 맞은편 의자에 앉았다. 구부정했던 등허리가 저절로 곧게 펴졌다. 긴장한 나와 달리 은테 안경 속 두 눈이 부드럽게 반원을 그렸다. 짧은 단발머리 끝에 진주 귀걸이가 반짝였다. 나는 눈을 들어 책장에 꽂힌 책들을 훑었다.

『한국 현대 문학의 이해』『문학과 삶』『우리말 대사전』『아름다운 우리말의 맛과 멋』『고전 소설사』『올바른 맞춤법과 띄어쓰기』, 한국 명단편 시리즈와 세계 문학 전집도 보였다.

그 아래 칸에는 크고 두꺼운, 한눈에 보아도 고가의 책들이 있었다. 고흐와 세잔, 이중섭과 나혜석, 루브르, 오르세, 우피치 같은 이름도 보였다. 미술 관련 책들 같았다.

"성이 선우, 이름이 혁이죠. 올해 입학한 1학년."

책장을 살피던 시선이 돌아왔다. 교감 선생님이 찬찬히 내 얼굴을 살폈다.

"입학식 날 학부모 설명회가 있었어요. 유독 낯이 익은 분들이 계셔서 누구신가 생각했는데 뒤늦게 기억이 났어요. 진이 부모님이셨더라고요."

진이 부모님이라는 한마디가 훅 가슴을 때렸다.

"형이죠, 선우진. 내가 진이 고등학교 2학년 때 담임이었어요. 아주 오래전 일이지만. 진이 떠나고 나도 학교를 옮겼어요. 어쩌다 보니 다시 교감이 되어 이곳으로 돌아왔네요."

교감 선생님의 목소리는 조용했다. 그리고 선명했다.

"빈소에서 마지막으로 뵙고, 처음이었어요. 선생님, 저 기억하세요? 진이 엄마예요, 하시는데 참 바로 어제 일처럼……."

알루미늄 캔에 맺힌 물방울이 흘러내렸다. 또르르 또르르 소리가 들리는 것 같았다.

"가끔 멀리서 혁이 학생 봤어요. 운동장이나 1층 중앙 현관에서 친구들과 걸어가는 모습, 이동 수업 시간에 미술실 가는 모습도 봤습니다. 스토커처럼 지켜본 것 아니니까 너무 기분 나빠하지 말아요. 그냥 여기저기 지나가다 보면 저절로 눈이 갔어요."

교감 선생님이 안심하라는 듯 빙긋이 웃었다.

"처음에 보고 너무 놀랐습니다."

그다음 이야기는 굳이 듣지 않아도 알 것 같았다.

"형을 정말 많이 닮았네요. 목소리마저 똑같아요. 진이가 교과서 낭독을 참 잘했는데."

문밖이 시끄러웠다. 아이들이 와자지껄 떠들며 복도를 뛰어갔다. 누군가 소리를 질렀는데 먹이를 빼앗긴 공룡 울음소리처럼 들렸다. 선생님의 시선이 문으로 향했다. 입가에 보일 듯 말 듯 엷은 미소가 번졌다.

나도 찬찬히 선생님의 얼굴을 살폈다. 십이 년 전에는 훨씬 젊으셨겠지? 처음부터 형을 진이라고 불렀을까? 나를 우혁이라 부르는 지금의 담임처럼 혹여 우진이라 하지 않았을까? 형은 어떤 학생이었을까? 나처럼 반쯤 투명한, 존재감 없는 아이였을까? 문고 싶은 게 많지만, 내 입에서는 아무 말도 나오지 않았다.

잠시 학교생활에 관한 이야기들이 오갔다. 나도 선생님도 더는 형을 입에 올리지 않았다. 어색하고 불편한 분위기가 흐르는 가운데 점심시간의 끝을 알리는 종이 울렸다. 그 소리가 이토록 반가운 적은, 학교생활 통틀어 오늘이 처음이었다. 나는 자리에서 일어나 꾸뻑 고개를 숙였다.

"저기……."

문으로 향하던 걸음이 멈춰 섰다. 왜요? 싶은 표정으로 두 눈을 느리게 끔뻑였다. 교감 선생님이 아니라는 듯 고개를 내저었다.

"학교생활 하다 궁금한 점이나 힘든 일이 있을 때는 언제든지 찾아와요."

나는 한 번 더 인사를 한 뒤 교감실을 빠져나왔다. 학교에서 때때로 시선이 느껴지곤 했다. 누군가가 나를 지켜보고 있다는 느낌. 말도 안 되는 걸 알면서도 그것이 형이란 생각을 했었다.

'형이 아니었구나.'

정체는 바로 교감 선생님이었다. 형의 담임이었으니 내가 자연스레 눈에 들어왔겠지. 형을 쏙 빼닮은 동생을 보며 선생님은 어떤 기분이었을까.

"사람들이 모두 내가 형을 닮았대. 여긴 메타버스도 아니고 나는 아바타도 아니잖아. 그런데도 내가 정말 형을 많이 닮았나 봐."

하나 마나 한 질문이었다.

—하지만 너는 내가 아니잖아.

마음속 목소리가 대답했다. 어쩌면 양심인지도 몰랐다.

"알아, 안다고."

—그런데 왜 나인 척 연극을 했어.

"그럴 수밖에 없었어. 그 세계에선 나는 형의 아바타였으니까."

어떻게 말할 수 있을까? 사실 나는 JIN이 아니라 그의 동생이라고. 우연히 형의 비밀번호를 알아내서 몰래 접속했다고…….

—왜 못 해?

"어떻게 해? 그 사람은 형이…… 형이 죽었는지도 모르는데. 형, 누구야? 곰솔이 누구냐고."

목소리는 더는 대답하지 않았다. 나는 터벅터벅 복도를 걸었다.

'오랜만이야?'

형의 정원에서 싱긋이 웃던 얼굴이 눈앞에서 아른거렸다.

초록 산새를 따라 숲길을 걸었다. LUX-S 시리즈는 최근의 L 시리즈에 비해 선명도가 떨어졌다. 바로 그 점이 오히려 눈앞의 가상 세계를 진짜처럼 보이게 했다. 미세 먼지에 가득한 탁하고 뿌연 현실 세상처럼 느껴지니까. XR 헤드셋 너머에는 눈부시게 파란 하늘과 새하얀 구름, 진초록 나뭇잎이 이슬에 반짝였다. 지독한 환상의 필터가 덧씌워져 사람들에게 현실이 아닌 가상 세계라는 사실을 일깨워 주었다. 세상은 보정한 사진처럼 말끔하지도,

아름답게 반짝거리지도 않으니까.

숲을 빠져나오자 눈앞에 잔디밭이 나타났다. 잔디밭 주위를 소나무들이 빽빽하게 둘러싸고 있었다. 초록 산새가 말한 JIN의 정원이었다. 넓은 정원을 앞에 두고 한쪽에 2층짜리 하얀 벽돌집이 있었다. 형이 만든 집이었다.

엄마 아빠는 알고 있었을까? 형이 가우디에 이런 세상을 만들었다는 사실을. 아마 눈치채지 못했을 것이다. 난달에서 격투 게임을 관람하고 댄스 크루를 응원하며, 낚시하는 친구를 따라 몇 시간이고 호숫가에 앉아 있는 나를 모르는 것처럼.

어쩌면 인간의 진짜 세상은, 핸드폰과 노트북 그리고 XR 헤드셋 너머에 있는지도 모르겠다. 비밀번호로 봉인된 곳. 그런 의미라면 이 정원은 형의 진짜 세계다.

그럼 가우디에서 즐겁고 행복한 시간 보내시길 바랍니다. 문의 사항이 있으시면 언제든지 저를 불러 주세요. 오른쪽 허공을 두 번 터치하시면 제가 돌아옵니다. 가우디에는 여러분들의 소중한 추억과 편안한 휴식을 위한 다채로운 이벤트가 준비되어 있습니다. 별자리와 불꽃놀이를 비롯해 비 오는 오후, 눈 내리는 아침, 노을 지는 저녁까지 다양한 옵션이 있습니다. 이곳에서 저희와 함께 아름다운 추억을 만드시길 바랍니다. 감사합니다.

초록 산새가 높이 날아올라 숲으로 사라졌다. 저 하얀 벽돌집에 형의 공유 친구가 있다고 생각하니 심장이 쿵쾅거렸다. 혹여 화를 내지 않을까? 적잖이 불쾌해할지도 모르겠다. 돌아가고 싶었지만, 너무 늦어 버렸다. 상대는 누군가 형의 계정으로 가우디에 접속한 걸 알고 있었다. 어차피 이렇게 된 이상 집 안으로 들어갈 수밖에 없었다. 내부는 어떻게 꾸몄는지, 가장 궁금한 형의 공유 친구는 누구인지 직접 두 눈으로 보고 싶었다. 나는 조심스레 정원을 가로질렀다.

나무 문을 열자 삐거덕 소리가 났다. 문틈으로 들여다본 안쪽에는 벽난로가 있었다.

"저기요?"

나는 JIN의 아바타였다. 이곳은 형이 손수 만든 공간이었다. 자신의 집에 들어가며 저기요라니, 웃기지만 어쩔 수 없었다. 구형 XR 헤드셋 속 인물은 JIN이 아니니까. 용기 내어 몇 걸음 더 안으로 들어갔다. 제일 먼저 보이는 건 벽에 걸린 바다 그림이었다. 그러고 보니, 형의 XR 헤드셋 첫 화면도 바다였다. 형은 바다를 좋아했던 걸까?

집 안은 특별한 게 없었다. 현실의 집이 아니니 주방과 욕실은 과감히 생략한 모양이었다. 사방이 탁 트인 거실 한가운데 푹신한 소파가 놓여 있었다. 한쪽 벽면에는 책장이, 반대편에는 벽난로가 설치되었다. 그 옆으로 아기자기한 화분도 가지런히 놓여 있었다. 커다란 창 너머로 푸른 정원과 소나무 숲이 보였다. 거실 한쪽에 2층으로 향하는 계단이 있었다. 그리고 그 위에서 뚜벅뚜벅 계단을 밟아 내려오는 소리가 들렸다. 나는 꿀꺽 마른침을 삼켰다.

형의 비밀번호를 어떻게 알았느냐 물으면 뭐라 답하지? 아니, 그 전에 너는 누구냐고 물으면? 형의 공유 친구라 했으니 혹여 같은 나이일까? 그럼 형과 중고등학교를 함께 다녔던 수민 형처럼 올해 서른? 하긴 공유 친구라 해서 굳이 동갑일 필요는 없겠지. 나이가 더 많은 선배이거나, 어린 후배일지도 몰랐다. 내가 이런 생각을 하는 동안, 자박거리던 걸음이 한 곳에서 멈춰 섰다. 내가, 그러니까 형의 아바타가 천천히 눈을 들었다. 2층으로 가는 계단 한가운데 누군가 서 있었다.

어깨까지 오는 단발머리에 동그란 얼굴, 작은 키. 검은색 티셔츠와 같은 색 청바지를 입고 하얀 스니커즈를 신었다. 가슴에 노란 나비 브로치가 달려 있었다. 아바타만 봐서는 나와 비슷한 또래 같았는데, 초록 산새가 말한 곰솔인 듯싶었다.

물끄러미 나를 보던 곰솔이 입을 열었다.

"오랜만이야?"

무거운 헤드셋 때문일까? 갑자기 현기증이 밀려들었다. 오랜만이라니? 상대는 이 아바타가 진짜 형이라고 믿는 걸까? 물론 나는 형의 계정으로 접속해 아바타 JIN의 모습으로 이곳에 서 있다. 무려 4,140일 만에⋯⋯.

"저기, 그게⋯⋯ 그러니까."

"가우디에 네가 입장했다고 해서 처음에는 무슨 오류가 난 줄 알았어. 그래도 혹시나 해서 들어와 봤는데, 진짜 나타났네?"

전혀 예상하지 못한 반응이었다. 머릿속이 뒤엉키다 못해 하얗게 변해 갔다. 그러니까 오류가 난 것은 헤드셋 속에서 정지해 버린 내 뇌였다.

나는 지금 완벽한 형의 아바타였다. 그러니 상대가 나를 SOL이 아닌 JIN이라 믿는 것은 당연했다. 하지만 형은 오래전에 세상을 떠났다. 가우디의 비밀번호를 알아낸 내가 십이 년 만에 접속했는데, 상대는 마치 4,140일이 아닌 41일, 아니 41시간 만에 돌아온 사람을 대하듯 태연히 말했다.

"너 없는 동안 내가 이 집이랑 정원 관리하느라 엄청 고생했어. 여기 진짜 엉망이었거든. 잡초도 무성했고 가구랑 벽도 누렇게 변해서 내가 일일이 새것으로 다 바꿨어. 벽난로 어때? 멋있지?"

나는 바보처럼 고개를 끄덕였다. 곰솔이 만족한 듯 빙긋이 웃었다.

"너 벽난로 놓고 싶어 했잖아. 그때는 워낙 비쌌어야지. 여기서 가끔 불꽃놀이도 구경하고, 노을도 보고 그랬어."

곰솔이 아바타 JIN을 향해 가볍게 눈을 흘겼다.

"나 이벤트 할인 혜택 전혀 못 받는 거 알지? 이 집이랑 정원 소유자는 너잖아. 아! 집 없는 설움을 여기서까지 겪어야겠냐?"

곰솔이 짓궂게 웃으며 말을 이었다. 그 덕분에 나는 한마디도 할 수 없었다. 이 상황이 다행인지 불행인지조차 가늠되지 않았다.

"근데 장미는 안 되겠더라."

창밖을 보며 곰솔이 툭 한마디 내던졌다.

"장미?"

질문이 제멋대로 튀어나왔다. 그녀의 시선이 돌아섰다.

"정원에 장미 심으면 예쁠 것 같다고 했잖아. 해 봤는데 생각보다 별로야. 초록 덤불에 붉은 장미가 보색이라서 너무 겉돌더라. 진짜 자연과는 또 달라. 이럴 줄 알았으면 없애지 말고 그냥 놔둘걸 그랬나? 얼마나 촌스러운지 네가 직접 볼 수 있게 말이야."

곰솔이 말을 멈추고 다시 입을 열었다.

"진아."

"네? 아, 아니, 어?"

갑작스레 들은 형의 이름에 어떻게 반응해야 할지 혼란스러웠다. 그러니까 나는 곰솔이 이곳을 얼마나 잘 가꾸고 관리했는지 장황한 설명을 듣는 동안, 한 번도 내가 진짜 JIN이 아님을 밝히지 못했다.

"어때, 여기?"

거실 곳곳에 곰솔의 시선이 닿았다.

"좋아……요, 요즘 같은 때 들어오면 마음 편해지겠다. 조용하고 멋……멋지네."

"맞아. 그래서 내가 여길 참 좋아해."

순간 문밖에서, 그러니까 XR 헤드셋 너머 현실에서 어떤 소리가 들려왔다. 엄마나 아빠가 돌아온 것인지도 몰랐다.

"미안, 나 먼저 가 볼게."

나는 재빨리 왼쪽 허공을 터치했다. 가무디에서 퇴장하시겠습니까? 메시지가 뜨기 무섭게 '예'를 눌렀다. 눈앞에 반짝이던 푸른 정원과 소나무 숲, 바다 그림과 벽난로 그리고 아바타 곰솔이 한순간에 사라졌다. 머리에 붙은 벌레라도 떼어 내듯 나는 형의 XR 헤드셋을 벗어 던졌다. 이마에 땀이 맺힌 건, 무거운 헤드셋 때문만은 아닐 것이다.

"엄마 왔어?"

밖을 향해 소리쳤다. 그러나 기다리던 대답은 돌아오지 않았다. 나는 스마트 매트에서 내려와 털썩 바닥에 주저앉았다. 분명 문이 열리는 소리가 들렸는데…….

―재미있냐? 비번 알아내서 내 아바타로 접속하니 재미있어?

나는 책상에 놓인 형 사진을 올려다보았다.

"미안해, 형."

―이제 어떡할 거야?

두 손으로 마른세수를 했다. 현실로 돌아왔는데 여전히 형의 정원이 머릿속에 맴돌았다.

"곰솔이 누구야?"

물었지만, 아무 대답도 들을 수 없었다. 늘 그렇듯 형의 침묵은 길고 무거웠다.

비스킷

부모님은 형의 모든 것을 가지고 있었다. 내 눈에는 보이지 않는 형과의 추억부터, 나도 볼 수 있는 형의 기록까지.

내가 기록이라 말한 이유는 다음과 같다. 엄마는 형이 떠난 후 형의 동영상과 사진, 형과 나눈 메시지와 메일 들을 하나하나 간추리기 시작했다. 형의 시간들을 모으기 위해 수민 형에게까지 부탁했다. 짧은 메시지나 영상이라도 좋으니 형과 나눴던 순간들이 있다면 보내 달라고. 엄마가 이토록 집요하게 형의 흔적을 긁어모으려 한 이유는 단 한 가지였다. 가상 공간에서 죽은 형을 다시 부활시키기 위해서. 그 작업은 아이들이 몇 개의 음성 파일로 만드는 단순한 프프와는 차원이 달랐다. 엄청난 비용과 고도의 기술이 요구되는 세밀하고 정교한 작업이었다. 엄마는 그렇게라도 먼 곳으로 떠난 형을 다시 만나려 했지만 결국 마지막에 모든 계획을 철회했다. 자료가 부족해서? 비용이 많이 들어서? 기술적인 문제 때문에? 전혀 아니었다.

'그건 우리 진이가 아니야.'

그것이 형을 불러내지 못한 단 하나의 이유였다. 어쩌면 엄마는 두려웠는지도 모른다. 가상 공간에서 다시 살아난 아들을 본다면, 두 번 다시는 그 세계 밖으로 빠져나올 수 없을 테니까. 진짜 형이 아닌, 아바타와 더 많은 시간을 보낼 테니까. 그건 오히려 형을 배신하는 일이라 생각했겠지. 그렇게 엄마가 수집한 형의 조각들은 순수한 추억으로 남게 되었다.

그 모든 기록들이 보관된 외장 하드와 사진들이 형의 책상 서랍 속에 들어 있었다. 엄마와 아빠는 가끔 서랍 속 사진을 꺼내 보거나, 외장 하드를 컴퓨터에 연결해 열여덟 살에 갇힌 아들을 만나고는 했다. 그리고 어젯밤 나는 형 방에 들어가 그 기록에 기어이 손을 댔다.

이런 조각들을 불러낸다 해서 형이 가우디에 만든 공간과 그곳에 여전히 머무는 곰솔의 정체를 알아낼 수는 없을 터였다. 그런데 나는 과연 무엇을 위해 내 컴퓨터에 외장 하드를 연결했던 것일까? 정작 그 이유는 나조차도 알 수 없었다. 다만 이렇게라도 묻고 싶었다. 대체 그곳은 형에게 어떤 의미이며, 곰솔은 누구인지를……

그래, 도운의 말은 정확했다. 좋아하니까 프프를 만들지. 나는 형의 후배가 됐고 여전히 형을 좋아한다. 그리고 살짝 그립기도 했다. 어쩌다 보니 그렇게 되었다. 나는 핸드폰에 프프 앱을 다운로드했다. 간단한 신상을 입력한 뒤 친구와 가족 만들기에 들어갔다. 그곳에 미리 준비해 둔 형의 음성 파일과 메시지 그리고 메일을 전송했다.

이분은 당신의 친구입니까? 가족입니까?

나는 가족을 클릭했다.

이분은 당신과 어떤 관계입니까?

나는 '형'이라고 입력했다.

그 뒤로 몇 개의 질문과 기록해야 할 항목이 이어졌다. 비속어와 선정적인 대화를 요구했을 때 뒤따르는 법적 경고도 빠지지 않았다. 나는 모든 사항에 '예'를 눌렀다. 곧이어 화면에는 다음과 같은 메시지가 떴다.

형이 선우혁 님과 대화하기를 원하십니다.

이제 마지막 '대화 시작' 버튼만 누르면 끝이었다. 그런데 이상하게 손이 움직이지 않았다. 인공 지능이 내가 제공한 자료를 바탕으로 만들어 낸 가상의 형이었다. 비록 그렇다 한들 막상 형을 만난다 생각하니 입 안이 바싹바싹 말라 갔다. 한참을 망설인 끝에 나는 '대화 시작'을 눌렀다.

"형?"

부르는 목소리가 탁하게 갈라졌다.

—어, 혁아, 형이야. 왜?

핸드폰에서 형의 목소리가 흘러나왔다. 순간 2층에서 내던진 물풍선처럼 가슴이 터지는 기분이었다. 오래전 칭얼거리는 어린 동생을 안아 달래던 목소리로 형이 말했다.

—어, 혁아, 왜?

나는 아랫입술을 짓씹었다. 눈앞에 모든 사물이 힘없이 일렁이기 시작했다. 이제 내 상상 속 형과의 대화는 끝났다. 그럼 나는 진짜 형을 불러낸 것일까? 아니, 그냥 내가 미친 거였다.

"뭘 뭐라고 그래. 어, 오랜만이다. 잘 지냈어? 이 말밖에 더 해?"

도운의 목소리가 멍한 정신을 깨웠다. 나는 물끄러미 옆모습을 바라보았다. 물론 나라도 이렇게 말했을 것이다. 십이 년 만에 만난 친구에게 이 이상 어떤 반응을 보일까?

"만약 상대가 여자라면?"

거듭되는 물음에 도운이 귀찮은 듯 심드렁히 대꾸했다.

"친구라며. 여자 남자가 뭐가 중요해? 너 십이 년 만에 만난 친구 있냐? 가만, 십이 년이면 다섯 살이었잖아. 그때 친구를 기억해?"

첫 질문부터 잘못되었다. 그러니 올바른 답을 기대할 수 없었다. 도운은 내게 형이 있다는 사실조차 모르니까. 형의 계정으로 접속한 메타버스에서 형의 친구를 만났다는 이야기는 할 수 없었다. 결국 이것저것 생략하고 단순화해서 물었는데 답은 질문만큼이나 간단했다.

"그래도 뭔가 되게 감동적이지 않을까? 십 년 넘게 연락조차 없던 친구잖아."

"뭔 감동이야. 오히려 꽤씸하지. 나 같으면 아는 척도 안 한다."

"그거야 죽…… 아니, 피치 못할 사정이 있을 수도 있잖아."

"사막 한가운데 떨어졌냐? 요즘 인터넷 안 되고 메타버스 접속 못 하는 곳이 어디 있어? 북극 남극에서도 영상 통화 하는데."

안타깝게도 그런 이들이 있다. 오지와 극지방보다 더 먼 곳으로 떠난 사람, 어떤 통신 수단이나 교통편으로도 연결될 수 없는 곳으로 사라진 사람.

"뭐야? 뭔데 자꾸 말을 빙빙 돌려?"

"아니야. 어제 영화를 봤는데 갑자기 생각나서."

"그래서 난에 안 들어왔구나?"

물론 메타버스에는 접속했었다. 그것도 낡고 무거운 구형 헤드셋으로.

"야, 너 혹시 LUX-S 시리즈 착용해 본 적……."

"미안, 나 먼저 간다. 이따 급식실에서 보자. 오늘은 점심 먹어라."

도운이 툭툭 어깨를 때리고는 재바르게 걸음을 옮겼다. 고개를 들자 멀리 등교하는 무리 속에서 긴 머리를 하나로 묶은 뒷모습이 보였다. 가방을 뒤적거리던 녀석이 상자를 꺼내 포니테일에게 건넸다.

"어쭈, 저것 봐라."

문득 녀석이 먹던 비스킷이 떠올랐다. 혹시나 싶었던 예감이 역시나로 바뀌었다. 이 결정적 순간을 두 눈으로 똑똑히 목격했으니까. 푸른 계절처럼 녀석에게도 봄이 찾아온 모양이었다. 워낙 성격 좋고 누구하고도 금세 어울리는 녀석이지만, 지금까지 이성과 가까이 지내는 모습은 한 번도 본 적 없었다. 그런데 고등학교 입학과 동시에 그 말랑말랑하고 간질간질한 장면을, 그것도 실시간으로 보여 주다니. 도운의 봄날을 응원하면서도 왠지 기분이 묘했다.

나는 무선 이어폰을 착용하고 프프 앱을 실행했다.

"형."

—어, 혁아!

"도운이 여자 친구 생긴 것 같아."

—왜, 부러워?

"형은 여자 친구 없었어?"

굳이 꼭 과거형으로 물어봐야 할까?

—비밀이야.

"형, 그럼 다른 질문."

—뭔데?

"대체 곰솔이 누구야?"

—글쎄?

어젯밤에도 물어본 질문이었다. 혹시 형의 메시지와 메일에 곰솔에 관한 이야기가 있을까 싶어서. 물론 대답은 "글쎄?"가 전부였다. 생각은 또다시 원점으로 돌아갔다. 곰솔의 아바타는 분명 십 대의 모습이었다. 한 번 설정해 놓은 아바타를 바꾸는 건 귀찮은 일이다. 특별한 경우가 아니라면 아이디나 주민 등록증 사진을 바꾸지 않듯이. 그러니 아바타의 모습이 십 대라 해서, XR 헤드셋 속 실제 인물까지 십 대라 단정지을 수 없다. 만약 형과 동갑이라면 올해로 서른이겠지?

'오랜만이야?'

상대는 십이 년 만에 접속한 형에게 이렇게 인사했다. 물론 진짜 형은 아니지만 어쨌든 아바타는 분명 JIN의 모습을 하고 있었으니까.

'이 집이랑 정원 소유자는 너잖아.'

JIN을 너라고 부르는 것을 보면 현실의 곰솔은 성인이다. 이 정도는 누구나 다 눈치챌 수 있는 사실이다.

─그래서 결론은 네가 내 아이디로 접속해 들어갔다는 거 아니야?

프프 속 형이 말했다.

"사람 되게 범죄자 취급하네."

─어? 몰랐구나? 그거 범죄 맞아.

"시끄러워, 그 사람이 누군지나 말하라고!"

등교하던 아이들이 일제히 고개를 돌렸다. 뭐지, 저 미친놈은? 싶은 눈빛이 사방에서 번뜩였다. 나는 교문을 향해 재게 발을 놀렸다. 내가 생각해도 미친놈이 맞긴 했다. 그런데 이상한 건 상대도 마찬가지였다. 형의 유일한 공유 친구라면 분명 가까운 사이였을 텐데, 어떻게 형의 죽음조차 모를 수 있을까. 문득 윤리 선생님의 당부가 떠올랐다. 메타버스에서 자신의 정보를 주지 말라는 경고 말이다. 그러나 아무 소용 없었다. 아이들은 가상 세계에서 만난 아바타와 쉽게 친구를 맺으며 어울렸다.

나의 본모습을 보여 줄 필요가 없으니까. 사는 곳이나 학교, 성적, 진짜 외모나 주위의 평판 따위를 신경 쓰지 않아도 되니까. 선입견과 편견 없이, 오로지 그 사람 자체를 만나게 된다. 물론 그래서 더 큰 문제를 일으키는 경우도 많지만.

만약 형과 곰솔이 오직 메타버스에서만 만났고 현실에서는 서로를 모르는 관계라면, 혹여 형의 죽음을 모를 수 있지 않을까? 상대를 모르는 건 형도 마찬가지였을 것이다. XR 헤드셋 너머 진짜 주인공이 누군지 알 수 없었을 테니까.

"메타버스에서 만난 상대와 그토록 가까워질 수 있을까? 오히려 그런 만남이라서 더욱 친해졌을까?"

―그건 사람마다, 처한 환경마다 다르겠지?

윤리 교과서 같은 대답이 들려왔다. 형의 비밀번호를 알아냈다. 아바타 JIN이 되어 하얀 벽돌집을 찾아냈다. 이렇듯 형과 실시간

대화까지 하는 중이다. 하지만 여전히 형을 알 수 없었다. 어떤 사람인지, 무엇을 좋아했는지. 아바타 곰솔과는 어떤 관계인지, 그 너머에 누가 있는지 아무것도 모르는 것처럼. 나는 깍지 낀 두 손을 머리 위에 얹었다.

　나에게 형의 기억은 사라진 공룡과도 같았다. 어렴풋한 기억 조각을 이어 붙여, 그때의 상황을 복원할 수밖에 없으니까. 화석과 몇 개의 뼛조각으로 복원한 공룡의 모습을 과연 진짜라고 볼 수 있을까? 그 속에 인간의 상상력은 전혀 들어 있지 않을까? 엄마 아빠는 형에 대해 완벽히 알고 있을까. 형이 가우디에서 무엇을 만들고 누구와 함께했는지, 그것조차 모르면서…….

　"형은 그곳이 좋았어?"

　─어디?

　"가우디."

　─아마도.

　힘없이 허청허청 교문을 통과했다. 바람이 불자 은행나무가 초록 잎을 나풀거렸다. 다정한 도운의 뒷모습은 이미 사라지고 없었다. 생각은 또다시 처음으로 되돌아갔다.

　아무리 메타버스에서만 만난 인연이라 해도 JIN은 십여 년 만에 나타났다. 그런 상대에게 곰솔은 너무 태연히 인사를 건넸다.

　"그래, 오랜만이긴 하겠지."

　생각만큼 가까운 사이는 아니었을까? 그냥 우연히 공유 친구를 맺은 건가? 형은 누구와도 쉽게 친구가 되는 스타일일까? 성격 좋은 강도운처럼……. 그렇다면 공유 친구를 굳이 한 명하고만 맺지 않았을 텐데.

나는 물기를 털어 내는 강아지처럼 부르르 도리질 쳤다.

—오랜만이라니? 누구를 말하는 거야?

형이 다시 물었다.

"됐어. 물어봤자 엉뚱한 얘기만 하면서? 형은 잠시 빠져 있어. 지금 중요한 건 그 잘난 JIN이 아니야."

—그 자알난? 썩 좋은 표현은 아닌 것 같은데?

나는 앱 설정에 들어가 사용자 보이스 자동 인식을 꺼 버렸다. 그렇게 잠시 형을 잠재웠다. 내가 궁금한 건 곰솔, 바로 그 아바타니까. JIN을 너라고 부르는 걸 보면 형과 비슷하거나 연상일 텐데, 여전히 가우디를 들락거리며 가상의 집을 가꾸고 정원을 돌본다고? 유행도 한참 지난 그 게임을? 물론 몇몇 마니아들이 메타버스 속 가우디를 힐링 공간이자 추억의 장소로 고이고이 보존한다는 이야기는 들은 적이 있었다. 옛날 장난감과 만화책을 모으는 컬렉터처럼.

"하지만 곰솔은 그 집의 소유자가 아니잖아. 단순히 공유 친구라면 세입자나 다름없는데. 그럼 차라리 자기 계정으로 새로 집을 만드는 게……."

나는 걸음을 멈추고 그 자리에 멈춰 섰다. 화단을 종종거리던 참새가 포드득 날아올랐다. 동시에 내 머릿속에도 가우디의 산새가 나타나 지저귀기 시작했다.

그 덕분에 JIN 님이 가우디로 다시 돌아오신 겁니다.

"십 년 넘게 접속한 적 없잖아? 당연히 휴면 계정이 되었어야지. 곰솔이 그 집을 지킨 덕분에 아이디와 비밀번호가 살아 있는 거야. 어쨌든 그 집의 소유자는 JIN이니까."

"화단이 뭐라 하냐? 아침부터 뭘 혼자서 중얼거려? 넥타이 좀잘 매라. 누가 보면 회식 3차까지 끝낸 김 대리로 알겠다."

누군가 툭 어깨를 때렸다. 고개를 돌리자 주임 선생님이 붉게 충혈된 두 눈을 번뜩이며 유쾌하지 않은 표정으로 서 있었다. 툭하면 지휘봉으로 퍼팅 연습을 하던데, 쌤이야말로 밤새 난달에서 골프 치지 않았어요? 묻고 싶었지만 목에만 대충 걸친 넥타이를 반듯이 하는 것으로 질문을 삼켰다. 주임 선생님은 그제야 만족했다는 얼굴로 나를 지나쳐 건물 안으로 사라졌다. 구부정한 뒷모습을 보며 나는 다시 타이를 풀어헤쳤다. 유치한 반항이나 소심한 복수가 아니었다. 무언가 목을 꽉 동여맨 것 같아 답답했다.

"JIN이랑 곰솔이 생각보다 가까운 사이였겠지?"

그럼 이제라도 진실을 말해야 하지 않을까? 더는 JIN을 기다리지 말라고, 아무리 기다려도 형은 오지 않는다고, 사실대로 말해야 하지 않을까.

―누가 말해?

나는 교복 셔츠 가장 윗단추를 풀었다. 앱을 껐는데도 형의 짜증 섞인 목소리가 들려오는 듯했다.

"그래, 잘못했어. 미안하다고."

어른들의 말은 틀린 게 없었다. 괜히 긁어 부스럼 만들지 말고 가만히 있으면 중간이라도 간다던데, 쓸데없는 호기심은 왜 발동해서 멋대로 형의 세상을 엿봤을까. 십이 년 만에 나타나서 고작 한다는 말이 형의 죽음이라니. 다른 누구도 아닌 형의 아바타 JIN의 모습으로.

"이 학교를 오는 게 아니었어."

나는 고개 들어 건물을 올려다봤다. 또다시 저곳 어딘가에서 집요한 시선이 느껴졌다. 교감 선생님이 출근하셨나? 여전히 느껴지는 기묘한 시선들은 단순히 기분 탓일 테지. 형의 학교에 입학했다는 사실이, 이곳에서 형이 걷고 뛰고 수업을 들었겠구나 하는 생각이, 커튼을 펄럭이는 바람처럼 가만가만 가슴을 건드렸다.

"나도 몰라. 아니, 모르는 일이야. 나는 가우디에 접속 안 했어. 형의 비밀번호도 모르고 하얀 벽돌집도 몰라. 곰솥인지 곰솥인지 만난 적 없어. 끝. 게임 오버. 디 엔드."

그래, 형과 상관없이 그 집 자체가 좋았을 수도 있다. 혹시 또 모르잖는가. 경제적으로 풍족하여 굳이 소유자가 되지 않아도, 그깟 할인 행사와 이벤트 따위 전혀 필요 없을지도. 오히려 아무 관계도 아니니까 편하게 벽돌집을 들락거리는 게 아닐까? 그랬으니

십여 년 만에 나타난 상대에게 아무렇지 않게 오랜만이야, 인사를 건넸겠지.

"내가 두 번 다시는 그 고물 헤드셋 근처에도 안 간다. 이제 곧 새 시리즈가 나온다는데 언제 적 LUX-S야?"

나는 넥타이를 고쳐 매고는 성큼 안으로 걸음을 옮겼다.

편지 넷

학교 댄스 동아리는 옛날부터 인기였지. 학교 축제는 댄스 동아리 공연이 전부라 해도 과언이 아니야. 그때는 정말 춤에 재능 있는 아이들만 모였잖아. 요즘도 동아리의 인기는 여전해. 메타버스에서 댄스 크루를 만들어 활동한다던데. 그런데 절대 춤에 재능 있는 아이들만 모이는 건 아니야. 소위 말하는 몸치 박치인 아이들도 가입해. 자유로운 영혼만큼 춤 역시 대단히 자유분방하지. 열정적인 무대는 보는 관객들에게 웃음도 함께 주거든. 아이들은 잘하는 것보다 즐기는 걸 더 중요시해. 음악과 리듬에 이리저리 몸을 맡기면 그거야말로 진정한 춤꾼 아니겠어? 그 단순한 진리를 그때는 왜 몰랐을까? 왜 잘하기만을 바랐고, 이기기를 원했을까. 맞아, 수행 평가 하나에도 온 신경을 곤두세웠지.

이름까지 밝히는 건 좀 그러니까, K랑 J라고 하자. 그 정도만 말해도 너는 누군지 알잖아. 어쨌든, 그때 너와 나 그리고 K랑 J가 같은 조였지. 어떤 기준으로 조를 짰는지는 모르겠어. 아마 담임이 평소 친하지 않은 애들끼리 강제로 붙여 놓았을 거야. 사실 너는 J와 같은 중학교를 졸업했고 제법 친했는데. 교실에서만 조용했던 걸 담임은 몰랐었나 봐.

국어 수행 평가인데 왜 미술 전시를 관람해야 하는지 알 수 없었지만, 어쨌든 점수를 받기 위해선 시키는 대로 고분고분 따르는 수밖에 없었어. 우리 담임이 미술에 조예가 꽤 깊었잖아.

우리에게 선택권은 두 가지였어. 직접 미술관에 가서 그림을 감상하고 가장 마음에 드는 작품들을 골라 발표하거나, 아니면 메타버스 속 미술관을 둘러보고 발표를 하거나.

물론 이렇게만 하면 반 아이들 대부분이 메타버스 미술관을 가겠지. 하지만 실제 전시를 보고 온 조에는 보너스 점수를 준다고 했어.

"미술 작품은 직접 가서 봐야 해. 사람들이 왜 비싼 돈과 시간을 들여서 세계 유명 미술관을 찾아다니겠니? 화면이 아니라 두 눈으로 봤을 때 느껴지는 감동이 전혀 달라서겠지."

나는 선생님처럼 미술 작품에 조예가 깊진 않았어. 다만 미술관 입구에서 찍은 인증 사진만 추가하면 보너스 점수를 준다는데, 마다할 이유가 없잖아. 미술관이 멀지도 않고, 지하철로 고작 세 정거장이야. 하지만 문제가 있었어. 바로 J가 축구를 하다

다리를 다쳤거든.

"J가 다쳤잖아. 우리는 가고 싶어도 못 가. 그 점은 쌤도 인정해 줘야 해."

K가 말했어.

"나는 괜찮아. 가고 싶으면 너희들끼리 다녀와도 돼. 그건 내가 쌤한테 말할게."

J가 이렇게 대답했지.

"너를 우리 조에서 빼라는 거야?"

K가 다시 말했어. 그때 네가 조심히 입을 열었지.

"그럼 이렇게 하는 게 어때? 우리가 미술관을 다녀올 테니까, 그 대신 J 네가 발표할 PPT를 만들어."

그 정도는 괜찮지? 싶은 눈으로 네가 J를 봤어.

"나야 좋지. 지난번 우리 조 PPT도 내가 했잖아."

그렇게 미술관 견학 준비는 끝나는 줄 알았어. K가 와락 짜증을 내기 전까지는 말이지.

"야, 너희들 진짜 갈 거야? J도 아픈데 그냥 메타버스로 하지? 다른 조도 다 메타버스에서 만난다고 하던데?"

"그러니까 우리는 직접 가는 게 더 좋지 않아?"

내가 말했어. 그러자 K가 어이없는 웃음을 터뜨렸지. 누가 봐도 명백한 비웃음이었어.

"언제 갈 건데? 진짜 미술관은 오후 5시면 닫아. 수업 끝나고 가면 제대로 보지도 못한다고."

"토요일 어때?"

내 말이 끝나기 무섭게 K가 미쳤어?라고 소리쳤어. 토요일에 미술관에 가는 게 미쳤냐는 소리를 들을 정도야? 나는 절대 아니라고 생각했거든.

"야, 그거 몇 점 더 받자고 토요일까지 모이자고? J는 가만히 앉아서 PPT나 만들……."

"그럼 넌 우리 조에서 빠져라."

나도 한마디 쏘아붙였지. 사람이 진짜 미치면 어떻게 되는지 한번 제대로 보여 줄 작정이었어. 화가 나서 더는 들어 줄 수가 없잖아. 뭐? 되묻는 K에게 이번에는 네가 말했어.

"그게 좋겠네."

그러고는 싱긋이 웃었어. 그때의 네 미소는 솔직히 좀 섬뜩하더라. 저 얼굴에서 저런 웃음도 나올 수 있구나, 새삼 놀랐거든.

결국 우리 조는 시작도 전에 삐거덕거렸어. K는 우리가 자신을 따돌렸다고 제 친구들에게 울며불며했고, 결국 다른 조로 가 버렸지. 오히려 잘됐다고 생각했어. 우리는 그러거나 말거나 토요일 미술관 견학을 계획했어. 여기서 말한 우리는 너와 내가 되겠지? 다리를 다친 J까지 불러낼 수 없으니까.

그 전에 우선 전시회를 여는 작가를 조사하기로 했어. K까지 빠진 상태에서 정말 잘하고 싶었거든. 콧대를 확 꺾어 놓겠다는 강한 투지가 발동했지.

그런 열의에 비해 작가 정보가 별로 없었어. 다행히 학교 도서관에 책 한 권이 있더라. 작품집은 아니고 무슨 그림 에세이인가 그랬을 거야. J는 도서관 책상에 앉아 만화책을 보고 있었고 너와 내가 책을 찾으러 나섰지.

"어? 인터넷에서 본 정보와 작가 생년월일이 다르다."

네가 말했어. 나는 기웃이 목을 빼 책을 보았지.

"아마 책이 정확할 거야. 작가한테 직접 물어봤을 테니까."

내가 대답했어. 너는 고개를 끄덕이며 역시 책을 찾아보길 잘했다고 말했어.

"그런데 너는 생일이 언제……."

너에게 묻는데 J가 아픈 다리로 뒤뚱거리며 다가왔어.

"야, 너희들 아직도 책 찾고 있어?"

"아니야. 찾았어."

네가 이렇게 말하며 책을 도로 책장에 집어넣는 거야. 뭔가를 숨기듯 놀란 네 모습이 좀 이상했지만, 어쩐지 나도 비슷한 기분이 들었어. 네가 왜 당황하는지 조금은 알 것 같았거든.

그렇게 기본적인 작가 조사가 끝나고 우리는 드디어 진짜 미술관에 가게 되었어. 너와 내가 전시를 관람하는 동안, J는 메타버스 속 미술관에 접속해 들어갔어. 막상 전시관에 도착하니, 담임이 말한 의미를 실감할 수 있겠더라. 미술 작품은 역시 직접 눈으로 봐야 해. 그림을 잘 모르는 나조차 유독 오래 머물고 싶은 작품이 있었으니까. 너는 내가 작품을 보는 동안 J와 메시지를 주고받았어. 그렇게 우리는 발표할 작품들을 선정했지.

"이 그림 뭔가 쓸쓸하다. 그런데 보고 있으면 마음이 차분해져. 이런 작품을 사려면 엄청 많은 돈이 필요하겠지?"

커다란 캠퍼스 가득 바다가 넘실거렸어. 사람들이 다 떠난 해변 같기도 하고, 폭풍이 지나간 뒤의 맑은 아침 같기도 했지. 깨끗하고 고요하고, 또 외로워 보였어.

"비싸겠지. 해외에서도 주목하는 작가라잖아."

네가 이렇게 말하고는 뒤돌아 걸음을 옮겼어. 나는 조금 더 그림 앞에 서 있었지. 얼마쯤 지났을까? 주위를 둘러보는데 네가 보이지 않았어. 화장실에 갔나 싶어 전시실을 나오는데 네가 멀리서 오고 있더라.

"어디 갔었어?"

"그냥."

너는 그 특유의 미소를 내비치고는 그만 가자고 했어. 마지막으로 미술관 입구에서 인증 사진만 찍으면 끝이었지.

"미술관이 잘 보이게 찍어야 하니까 서로 찍어 주는 게 어때?"

네가 말했어. 나는 대답 대신 잠시 주위를 둘러보았지. 마침 이십 대로 보이는 언니들이 지나가잖아. 나는 한걸음에 달려가 사진 좀 찍어 달라고 부탁했어.

"그냥 한 번에 찍자. 번거롭게."

미술관을 배경으로 두 교복이 나란히 섰어. 너는 당황한 듯 두 눈을 빠르게 깜빡였지.

"좀 웃어요. 남자 친구 너무 굳었다."

팡팡 팝콘이 터지듯, 참새 떼가 날아가듯, 까르르 웃는 소리가 들려왔어. 아주 멀리, 아주 멀리서부터 말이야. 그렇게 너랑 나는 정말 어색하고 바보같이 뻣뻣한 차렷 자세로 사진을 찍었어. 약간의 우여곡절이 있었지만 어쨌든 우리 조는 멋지게 수행 평가를 끝냈지. 결과는 너도 알다시피 최고 점수를 받았잖아. 특히 작가의 생년월일을 정확하게 기록한 조가 우리밖에 없었거든. 책을 찾아봤다는 이야기에 담임은 크게 고개를 끄덕였어. 그 흡족한 미소 너도 기억하지?

그리고 며칠이 지났어. 책상 서랍을 뒤적이는데 손끝에 딱딱한 질감이 느껴지는 거야. 이게 뭐지? 싶어 꺼내 봤더니 작은 액자가 있더라. 그 속에는 파란 바다가 담겨 있었어. 내가 미술관에서 말한 바로 그 그림이었지. 내가 푸른 바다 앞에 잠시 머물러 있는 사이, 너는 도록을 사러 갔던 거야. 거기 실린 작품을 오려서 작은 액자로 만든 거지.

그때 문득 그런 생각이 들었어. 누군가 진짜 작품을 선물한다 해도, 이 액자만큼 소중하진 않을 것 같다고 말이야.

작년에 그 작가가 뉴욕에서 전시회를 열었어. 그런데 나는 학교에 묶여 있는 몸이잖아. 도저히 갈 수가 없었지. 담임의 말처럼 작품은 직접 봐야 하는데, 그러지 못해 너무 안타까웠어. 만약 갈 수 있다면 꼭 도록 한 권을 사고 싶었어. 그리고 전시회를 관람한 후에 밖으로 나와 사람들에게 부탁하는 거야. 미술관 입구를 배경으로 사진을 찍어 달라고. 그렇게 부동 자세로 카메라를 향해 엄청 어색한 미소를 짓는 거지. 하지만 아무 의미 없을 거야. 내 옆에 더는 네가 없을 테니까.

바람이 수면을 스치고 지나갔다. 반짝이는 윤슬이 눈부시게 빛나고 나무우듬지가 출렁였다. 파란색 물고기 한 마리를 토해 낸 후, 호수는 다시 침묵했다. 찰방 물소리가 들려왔다.

"오늘은 왜 부르지도 않았는데 왔냐? 이 시간이면 게임을 하든 보든 둘 중 하나 아니야?"

아바타 리버가 말했다. 햇살에 닿은 은빛 머리가 반짝였다.

"RFC 보다가 그냥 나왔어."

"그건 십 분만 보고 있어도 머리가 다 울리더라."

Robot Fighting Championship을 줄여 RFC라고 한다. 도심 한복판에서 격투 로봇들이 싸우는 경기인데 소음이 상당하다. 물론 그 정신없는 맛에 보는 거지만……

"이름이 뭐더라? 가슴에 코브라 문양 있는, 그 로봇 조종하는 게이머가 전직 태권도 국가 대표였다면서."

"카인."

화끈한 열기에도 좀처럼 경기에 집중할 수 없었다. 어지러운 생각들을 털어 내려 일부러 더 요란하고 시끄러운 경기를 봤는데, 머릿속만 더 복잡해졌다. 내가 응원하는 로봇은 왜 하필 코브라 문양에 이름도 카인일까? 정말 형 때문에 죽겠다.

"누구냐?"

나는 돌멩이 한 개를 호수에 던졌다. 퐁당 소리와 함께 파문이 올랑였다. 잔물결이 둥글게 둥글게 끝도 없이 퍼져나갔다.

"누구?"

도운이 되물었다.

"너희 반이냐? 아침에 개."

도운의 시선이 허공으로 향했다. 아침에 개가 누구지? 생각하는 듯 녀석이 미간을 일그러뜨렸다. 그걸 굳이 떠올려야 할 일인가? 누구냐는 질문에 바늘에 걸린 물고기마냥 바로 튀어나와야 하는 거 아닌가? 별것도 아닌 일에 괜스레 짜증이 솟았다.

"혹시 그 심상치 않은 비스킷이냐?"

그제야 알겠다는 듯 녀석이 싱겁게 웃었다.

"아아, 응."

"썸이야? 사귀는 거야?"

"아니거든."

녀석이 단호한 표정으로 고개를 내저었다. 그 모습이 낚싯줄에 걸려 파닥이는 물고기 같았다.

"며칠 전에 수학 문제를 물어봐서 알려 줬어. 이차 방정식인데 되게 간단했거든. 풀어 주고 할 것도 없었어. 그런데 고맙다고 비스킷을 주더라고. 그깟 문제 하나 풀어 준 게 뭐라고 괜히 미안하잖아. 그래서 편의점에서 초콜릿 하나 샀어. 밸런타인데이 끝났다고 세일하더라."

포니테일이 풀어 줄 것도 없는 되게 간단한 문제를 물어봤다. 그 답례로 되게 비싼 비스킷을 선물했다. 괜히 미안해진 녀석이, 또 괜히 달달한 선물로 보답했다.

"그냥 사귄다고 해. 뭔 썰이 이렇게 길어. 자랑하는 법도 가지가지다."

"중학교 때까지 수학은 알레르기가 생길 정도로 싫어했대. 완벽한 수포자. 그러다 고등학교 와서 다시 시작했는데 의외로 재미있다나?"

"그거야 네가 수학 잘하니까. 괜한 핑……."

"애들이 뭐라는 줄 알아? 걔보고 유령 붙었대. 십 년 넘게 우리 학교 다닌다는 유령. 그 유령이 오면 성적이 오른다잖아."

십 년 넘게 우리 학교에 다니는 유령이라. 어쩐지 그 정체를 알 것 같았다.

"나 그 유령 누군지 안다."

"누구? 아니, 진짜 있긴 있는 거야? 네가 봤어?"

녀석은 500포인트 물고기를 낚았을 때보다 더 흥분한 모습으로 소리쳤다.

"그래 봤다. 이 두 눈으로 똑똑히."

"장난하냐?"

녀석이 또다시 미간을 구겼다.

"장난 아니야."

십 년 넘게 학교에 다니고, 아이들이 가까이하면 성적이 오른다? 그런 존재라면 분명 학교에 있다.

"누군데? 아니 뭔데?"

"교감 쌤."

"미친."

도운이 김빠진 얼굴로 고개를 돌렸다. 물론 충분히 예상한 반응이었다.

"교감 쌤 전에 우리 학교 국어 쌤으로 근무하다 다른 학교 가셨대. 그러다가 교감 선생님 돼서 다시 오신 거야. 뭐 이래저래 학교 십 년 넘게 다닌 거 아니겠냐? 어쨌든 쌤이랑 가까이 지내면 성적 오르는 것도 맞을 테고?"

누군가 숲속에서 하얀 말 한 마리를 봤다고 했다. 그 이야기에 다른 누군가가 뿔을 달아 유니콘을 만들고, 또 다른 누군가는 날개를 달아 페가수스를 만든다. 평범한 백마가 사람들 사이를 오가며 어마어마한 전설이 되는 일. 그것이 바로 소문이다.

"웃기는 소리."

"소문의 근원은 원래 다 시시해."

"그런데 너는 교감 쌤 이야기를 어떻게 알아?"

"그거야 형⋯⋯."

"형?"

"어⋯⋯ 내가 아주 잘 아는 형."

물론 어디까지 아는지는 자신할 수 없었다. 지금 상황이라면 전혀 모른다고 하는 쪽이 솔직한 고백이지 않을까?

"아는 형?"

도운이 물었다. 시선이 바닥으로 떨어졌다.

"우리 학교 선배야."

"2학년, 3학년?"

어쨌든 형이 우리 학교에 다닌 건 사실이니까. 그럼 선배였다고 해야 하나. 이제 와서?

나는 고개를 내저었다.

"꽤 오래전에 다녔어⋯⋯. 올해 서른이거든."

"아아, 그럼 졸업한 지 십 년도 넘었겠네."

물도 없이 미숫가루를 삼킨 기분이었다. 살아 있다면, 한마디가 덩어리처럼 목에 걸렸다. 수민 형은 오래전에 학교를 졸업했지만, 형은 아니었다. 열여덟의 순간에 영원히 멈춰 버렸다.

"그러지 말고 솔직히 말해 봐. 너도 관심 있지?"

슬쩍 화제를 돌리자 녀석이 무슨 관심이냐는 듯 눈으로 물었다.

"너희 반 그 여자애 말이야."

"그런 거 아니라니까."

서로 다정히 머리를 맞댄 채 알콩달콩 수학 문제를 풀고, 그 핑계로 고소한 비스킷과 달콤한 초콜릿을 주고받는 게, 그 잘난 그런 게 아니면 대체 뭔데?

"우리 도운이 그런 쪽으로는 의외로 부끄럼이 많네. 이럴 땐 도깨비바늘도 어쩔 수 없구나."

누구하고도 두루두루 잘 지내는 것과 한 사람을 좋아하는 건 전혀 다른 문제일까?

"야, 그러지 말고 너희 반 그 애 여기로 불러 봐. 조용하니 같이 얘기하기 좋지 않아? 아니면 친구 맺기 해서 지금 네 플레이스에 초대하든지."

"미쳤냐?"

도운이 왈칵 짜증을 토해 냈다.

"왜, 걔가 너한테 아저씨 같다고 할까 봐?"

고등학생이 메타버스 속 낚시터에서 온종일 호수만 바라본다? 학교에서 본 도운을 생각하면, 쉽게 상상하지 못할 것이다. 성격이 밝다 못해 통통 튀는 녀석이니까.

"오히려 너의 이런 차분한 모습에 더욱더 매력……."

"여기 나한테 되게 소중한 곳이다."

도운이 제법 진지한 목소리로 말하고는 한숨을 내쉬었다.

"그래 봤자 가상 세계인 거 알고, 터치 한 번이면 쉽게 사라지는 허상이라는 것도 잘 알아. 하지만 나에게는 정말 특별한 공간이야."

"……."

"때로는 현실보다 중요해. 아니, 현실이 아니라서 더 소중할 수도 있겠다."

은빛 머리에 빛나는 눈동자는 도운의 허상이다. 만약 메타버스를 벗어나 현실에서 만난다면, 나는 진짜 녀석을 보는 것이 맞을까? 아니면 눈앞의 리버가 진짜 도운일까? 그럼 선우혁과 아바타 SOL은 다른 인물일까? 머릿속이 또다시 복잡해지기 시작했다.

"그래서 아무나하고 친구 맺기 싫어. 여긴 함부로 공개하고 싶지 않거든."

"아무나……."

세 음절이 입 안에서 구슬처럼 굴러다녔다.

"오늘은 어째 잠잠하네. 이럴 때는 괜히 미련 두지 말고 일어나야 해."

도운이 툭툭 자리를 털고 일어났다. 안 갈 거야? 하고 묻는 눈빛에 나도 따라 몸을 일으켰다.

"학교에서 보자."

왼쪽 허공을 두 번 터치하기 무섭게 도운이 사라졌다. River 님이 피싱랜드를 퇴장하셨습니다. 허공에 익숙한 메시지가 깜빡였다.

나는 한 번 더 호숫가를 살폈다. 현실이 아니라서 더 소중한 것들……. 교감 선생님의 책장에 꽂힌 수많은 문학 작품들, 아이들이 열광하는 로봇 격투 대회, 얼굴에 잡티 하나 없는 나의 아바타 SOL, 시간이 영원히 멈춰 버린 형의 방, 그리고 JIN이 가우디에 만들어 놓은 하얀 벽돌집과 그곳에 여전히 머물러 있는 또 다른 아바타, 그 XR 헤드셋 너머의 누군가까지…….

"절대 아무나가 아니었겠지."

나는 허공을 터치해 피싱랜드를 빠져나왔다. XR 헤드셋을 벗자 눈앞에 창문이 보였다. 블라인드 사이로 주홍빛 햇살이 스며들었다. 헤드셋을 책상 위에 올려놓는데 문밖이 시끄러웠다. 엄마 아빠가 함께 퇴근한 모양이었다. 나는 스마트 매트에서 내려와 방문을 열었다.

저녁은 돈가스와 불고기 도시락이었다. 이 집은 엄마의 단골이다. 맛도 깔끔하고 사장님 인심도 후했다. 엄마가 출근길에 반찬 용기를 맡겨 놓은 후 저녁에 찾아오는데, 음식이 늘 넉넉하게 담겨 있었다.

"엄마 아빠 내일 새벽같이 나가야 해. 가서 시설 한 번 더 점검하고, 아이들이랑 보호자님들 오시기 전에 이것저것 준비할 것도 많아. 바빠서 일어나라고 전화도 못 해 주니까 알아서 학교 잘

가고."

"걱정하지 마."

샐러드를 슬쩍 아빠 그릇에 빼 놓으려는데, 엄마가 찌릿한 시선을 던졌다. 나는 얌전히 양배추를 입에 넣었다.

내일은 유치원 체육 대회 날이다. 행사를 돕기 위해 아빠까지 연차 휴가를 냈다. 봄이면 매년 반복되는 일이다. 내가 갈 일은 없기에 염소가 된 기분으로 양배추만 우물거렸다.

"엄마."

"왜?"

지금 엄마의 머릿속은 체육 대회로 가득할 것이다. 괜한 것을 물어봤자 제대로 된 답변이 돌아올 리 없겠지. 그런데 그게 괜한 것일까.

"왜? 불렀으면 말을 해야 할 것 아니야?"

나는 아니라는 듯 고개를 내저었다. 돈가스는 바삭거리고 불고기는 윤기가 흘렀다. 그런데도 오늘은 어쩐지 입맛이 썼다. 양배추 때문이라 생각하면서도 좀처럼 고기에 손이 가지 않았다. 나는 닫힌 방문을 흘낏 곁눈질했다. 공포 영화의 대표적인 클리셰는 절대 엿보지 말라는 방의 문을 열어 보는 것부터 시작된다. 주인공은 그렇게 제 손으로 문제를 만든다. 그런데 그 주인공이 내가 되었을 땐……

"우리 혁이 양배추 잘 먹네."

아빠가 양배추를 크게 집어서 내 접시에 내려놓았다. 차라리 소를 키우지? 묻는 눈빛으로 나는 아빠를 노려보았다. 그런데 형은 양배추를 좋아했을까? 이제 별게 다 궁금해진다.

넥타이

분명히 알람을 맞춰 놓았다. 그런데 일어나는 순간 싸한 기분이 들었다. 본능적으로 지각임을 느낄 수 있었다. 잠결에 부모님이 출근하는 소리를 들은 것 같은데 어쩌면 알람이었는지도 모르겠다. 내가 끄고 다시 잠들었는지도. 안타깝게도 그럴 가능성이 컸다.

튕기듯 방을 빠져나와 욕실 문을 열어젖혔다. 얼굴에 간신히 물만 묻히고는 아무렇게나 눌린 머리를 대충 정리했다. 거실로 나오자 식탁 위에 시리얼과 식빵이 있었다. 아침 먹을 여유는 내 손으로 알람을 끄는 순간 사라져 버렸다.

방에 들어가 교복으로 갈아입었다. 바지와 셔츠와 조끼를 입고 양말까지 신었는데, 교복 넥타이가 보이지 않았다.

"아, 하필 이런 날."

시간을 확인하기 무섭게 절로 욕설이 터져 나왔다. 하긴 이런 날이야말로 넥타이를 숨겨 놓기 딱 좋은 때지. 지각하기 일보 직전, 더욱이 엄마도 없다. 교복 넥타이 도둑에게 이보다 더 완벽한 날은 없을 것이다.

"어쩔 수 없지. 형, 나 완전히 지각이야."

—그러게 미리 준비 좀 잘하지.

형이란 한마디에 음성을 인식한 앱이 자동으로 대화를 실행시켰다. 나는 가방을 어깨에 메고 방을 뛰어나왔다.

—아빠 넥타이라도 찾아보는 게 어때? 비슷하게 촌스러운 색깔이 하나 정도는 있을 텐데. 우리 꼬맹이 일반 넥타이는 어떻게 매는지 모르겠구나?

어제 프리미엄 결제까지 했더니 형과의 대화가 더욱 업그레이드되었다. 내가 미쳤지, 정말.

"시끄러워."

—지각에 복장 불량까지. 이런 날은 또 기가 막히게 학년 주임 선생님 눈에 띄거든.

현관으로 향하던 걸음이 멈춰 섰다. 나는 뒤돌아 방문을 바라보았다.

"아! 그래 맞아. 형 방에 비슷한 게 하나 있지, 아마?"

—음, 아니야. 그건 절대 좋은 생각이 아닌 것 같아. 차라리 그냥 가는 게…….

"말했지. 시끄럽다고. 미안하지만 이건 형의 아이디어야."

나는 벌컥 형의 방문을 열어젖혔다.

열정과 도전만큼이나 인간의 심장을 뛰게 하는 건, 바로 지각이다. 어떻게 학교까지 왔는지 기억나지 않았다. 뛰어왔는지 날아왔는지, 아니면 몸이 산산이 분해되었다가 교문 앞에서 재결합했는지 모르겠다. 어쨌든 나는 무사히 교실에 도착했다. '털썩'이나 '힘없이' 주저앉았다는 표현으론 부족할 정도로 그냥 흐물흐물 녹아내렸다. 동시에 앞문이 열리며 담임이 들어오고 아이들이 잘 훈련된 강아지처럼 얌전히 제자리를 찾아 앉았다.

그렇게 1교시가 시작되었다. 몸은 학교까지 무사히 데려왔는데 정신은 여전히 엉뚱한 곳을 헤매고 있었다. 나는 책상에 턱을 괸 채 창밖의 초록 은행나무를 바라보았다.

어젯밤에도 생각을 정리하려 리버의 호숫가를 찾았지만, 오히려 머릿속만 복잡해졌다. JIN의 아바타를 보고도 태연히 인사를 건넨 건, 분명 형의 죽음을 모른다는 뜻이다. 단순히 메타버스에서 만난 인연이라 해도, 만약 그 사고를 모른다면 지금이라도 말해 줘야 하지 않을까? 하얀 벽돌집의 주인은 이제 세상에 없다고.

물론 내게 그럴 자격이 있는지는 알 수 없다. 그것이 곰솔에게 도움이 되는지도 모르겠다. 오히려 긁어 부스럼이지 않을까.

그래, 괜한 고민이자 오지랖이다. 형이 떠나고 십 년이 넘게 흘렀는데 설마 지금껏 그곳에서 형을 기다릴 사람이 있을까? 이 상황은 어쩌면 졸업 앨범과 비슷한지도 몰랐다. 앨범을 간직한다고 모두가 그 시절의 친구들을 그리워하는 건 아니니까.

'그래서 아무나하고 친구 맺기 싫어. 여긴 함부로 공개하고 싶지 않거든.'

과연 형에게 그곳은 어떤 의미일까? 현실이 아니기에 더 소중한 무엇이라면, 그 공간을 공유하고 싶은 상대는 또 누굴까? 도운의 말처럼 그저 그런 친구는 아니겠고…….

"아, 진짜 미치겠다."

거칠게 뒷머리를 긁적이는데 담임의 목소리가 철썩 뺨을 때렸다.

"거기 뒤에 우혁…… 아니, 성이 선우고 이름이 혁이신 분께서 대답해 봐."

열린 창문으로 바람이 불어왔다. 바람결에 형의 비웃음이 섞인 듯했다.

"뭐냐? 아침에 메시지는 왜 씹어?"

눈을 든 곳에 도운이 있었다. 녀석의 머리 위로 햇살이 내려앉았다. 이제 현실에서조차 은빛으로 보였다. 나는 휘휘 손을 내저었다.

"야, 우리도 2학년 교실 가 보자."

느긋하게 늦잠을 잔 덕분에 심장이 쪼개지고 입에서 단내가 나도록 뛰었다. 첫 교시부터 담임에게 걸려 잔소리를 들었다. 오늘은 아무리 생각해도 몸을 사리고 조심하는 게 신상에 좋을 듯싶다.

"2학년 교실에는 왜?"

"내가 전에 말했잖아. 우리 학교 리틀 서지 있다고. 얼마나 닮았는지 한번 보자. 진짜 아마란스 서지 동생일 수도 있잖아."

누가 도깨비바늘 아니랄까 봐, 참 여기저기 잘도 들러붙는다. 진짜 서지 동생이면 뭐 어쩌게. 누구누구 동생? 그거 썩 좋은 인생 아니다.

"됐어."

"야, 가 보자. 따라와, 빨리."

"아, 진짜 귀찮게 왜 이래."

투덜거리면서도 나는 결국 몸을 일으켰다. 솔직히 살짝 궁금하긴 했다. 혹시 또 모를 일이다. 연예인 중에 형제자매가 함께 활동하는 경우가 제법 많다. 데뷔 전 연예인을 미리 봐 두는 것도 흔한 기회는 아니니까. 나는 못 이기는 척 도운을 따라 계단을 밟아 올라갔다.

그렇게 올라간 2학년 복도에서 나는 리틀 서지의 반 근처에도 가지 못했다. 도운과 살금살금 복도를 걷는데 등 뒤에서 "거기." 소리가 날아왔다. 흠칫 놀라 몸을 돌리자 검은색 셔츠에 통이 넓은 바지를 입은 선생님이 서 있었다. 얼굴이 낯설었다. 이곳에서 마주친 것으로 보아, 2학년 선생님이 틀림없었다.

"잠깐."

저요? 싶은 표정을 짓자 선생님이 고개를 끄덕였다. 도운이 자기는 관계없다는 듯 어깨를 들썩했다. 너만 불렀으니 혼자 가 보란 뜻이다. 아! 이 어찌 헬륨 가스보다 가벼운 우정인가. 나는 빠뜩 어금니를 사리물고는 선생님에게로 다가갔다.

"1학년?"

명찰 색깔만 봐도 알 것이다. 그런데도 굳이 물어본다는 건, 나에게 썩 좋은 감정이 없다는 뜻이다. 더 정확히는 어떤 문제가 있다는 의미다.

"넥타이…… 색이 다른데?"

오늘 아침, 나는 벽에 걸린 형의 타이를 낚아챘다. 아예 안 하는 것보단 나을 테니까. 남색이나 파란색이나 그게 그거지 싶었다. 2학년 주임이신가? 다른 쌤들도 모르고 지나쳤는데, 눈썰미 한번 대단하다.

"그게…… 죄송합니다."

나는 꾸벅 고개를 숙였다. 이럴 땐 그냥 납작 엎드리는 게 상책이다.

"넥타이 제대로 매고 확인받으러 와."

선생님이 뒤돌아 멀어져 갔다. 작은 키에도 걸음은 빨랐다. 나는 거칠게 뒷머리를 긁적였다. 오늘 정말 날을 잡았구나, 하루 일진이 사납다 못해 더럽다.

"야, 뭐야?"

그제야 녀석이 슬금슬금 가까이 다가왔다.

"몰라! 너 때문에 진짜."

나는 발걸음에 짜증을 찍어 내며 계단을 내려갔다. 남의 속도 모르는 녀석은 히죽거리며 내 어깨에 팔을 둘렀다.

"야, 그냥 내려가자. 여기 분위기 장난 아니다. 하긴 얼마나 인기가 많겠냐? 1학년 주제에 괜히 2학년 복도 어슬렁거리다가 제대로 찍히겠다."

그렇게 잘 아는 놈이 괜한 사람까지 끌어들여 안 그래도 엉망인 하루를 더 꼬이게 만들다니. 하지만 순순히 따라온 내 잘못도 있으니 유치한 원망은 그만두기로 했다.

"그나저나 확인받으러 오라니, 자기가 누군지 내가 어떻게 알고?"

"누구? 아까 그 머리 짧은 쌤? 2학년 국어잖아."

이마에 과목이 쓰여 있는 것도 아닌데 이 녀석은 어떻게 2학년 선생님까지 꿰고 있을까?

"아, 어떻게 아냐고? 지난번에 윤리 시간에 대신 들어왔었어. 1교시였는데 윤리 쌤 출근하다가 접촉 사고 났잖아. 2학년 국어라고 소개하던데?"

참으로 눈썰미 좋은 국어 선생님이시구나. 나는 어깨에 얹힌 녀석의 팔을 털어 내고 터덜터덜 계단을 내려갔다. 생각해 보니 이게 다 윤리 선생님 때문이다. 가우디를 언급하지 않았다면 형의 비밀을 엿볼 일도, 마음에도 없는 JIN의 아바타 노릇도 안 했을 거다. 물론 생각지도 못한 곰솔을 만날 일도 없었겠지. 역시 처음부터 이 학교에 온 것이 잘못이었나 싶었다.

마지막 계단을 내려서는데 누군가 불쑥 앞길을 막아섰다. 고개를 든 곳에 긴 머리를 하나로 묶은 아이가 있었다. 어제 본 포니테일, 바로 고급 비스킷의 주인공이다. 서주희, 명찰을 읽는 사이 상대도 재빨리 나를 훑어 내렸다. 주희의 시선이 내 옆에 나란히 서 있는 도운에게로 향했다.

"너 2학년 교실 다녀왔어?"

얼굴은 웃지만, 목소리에 뚝뚝 얼음이 떨어졌다.

"응."

"애들이 그 2학년 선배 보러 간 거라는데, 맞아?"

"어."

이보다 더 해맑을 수 없는 표정을 보니, 어쩐지 내가 다 불안했다.

"그런데 못 봤어."

나는 툭 도운의 팔을 쳤다. 이건 해맑은 게 아니라 그냥 멍청한 거다.

"아쉬웠겠네?"

"뭐, 그 정도까지는 아니고. 학교 다니다 한 번쯤 보겠지."

"그 선배 인문학 동아리라던데."

비스킷, 아니 포니테일, 아니 주희가 말했다.

"그래? 아깝다. 나 원래 인문학 동아리 들려고 했는…….'

녀석이 말을 멈추고 놀란 눈으로 고개를 돌렸다. 갑자기 왜 남의 발을 밟느냐는 표정인데? 그런 너는 왜 갑자기 멍청한 척하는데? 나는 도운을 향해 확 미간을 구겼다. 제발 그 입 좀 다물라고. 그 순간 주희가 빠르게 몸을 돌렸다. 얼마나 세게 돌아섰는지 포니테일이 채찍처럼 허공을 때렸다. 곧바로 한숨이 터져 나오며 손은 저절로 이마를 짚었다. 아직 오전 수업도 끝나지 않았는데 벌써부터 엄청난 피곤이 밀려들었다.

"너 바보냐? 아니면 괜한 질투심 유발, 뭐 그런 거야?"

"무슨 소리야?"

갑자기 2학년 교실로 끌고 갈 때부터 알아봤다.

"그런 거 하지 마라. 정말 유치하고 없어 보이니까."

"뭐가 없어 보여? 내가 뭘 했는데?"

"너 괜히 쟤 떠봤잖아."

"주희가 회냐? 뭘 떠봐."

"아니면? 왜 2학년 교실 간 사실을 자랑처럼 나불거렸는데? 그리틀 서지인지 앉지인지 보러 갔다고 아예 PPT 띄워 놓고 발표를 하지 그러냐? 너 그거 질투심 유발하려고…….'

"미친놈. 소설 쓰고 앉아 있네. 나는 그냥 물어본 거에 솔직하게 대답했어. 그게 잘못이야?"

수업 시작종이 복도를 쩌렁쩌렁하게 울렸다. 나중에 보자며 도운이 돌아섰다. 안 그래도 요즘 '솔직'이라는 단어에 민감한데, 저 녀석까지 자꾸 사람 마음을 따끔거리게 한다.

―네 친구 어째 불안불안하다.

핸드폰도 없는데 습관처럼 형의 환청이 들려왔다.

"나는 내가 더 불안불안해."

입바람을 불어 앞머리를 날렸다. 나는 패잔병처럼 교실로 돌아갔다.

편지 다섯

학교는 용광로와 비슷해. 최신 유행과 정보가 빠르게 녹아들지. 그렇게 새로운 문화를 만들어. 절대 나쁘다고는 생각 안 해. 오래전에는 시류에 올라타지 않은, 또는 못하는 아이들을 살짝 배척하는 분위기였잖아. 그런데 지금은 아니야. 용광로는 여전한데 그 안에 정말 다양한 것들이 들어가거든. 아이들은 모두 각자의 틀을 가지고 뜨거운 쇳물을 자신만의 방식으로 담아내지.

이렇듯 다양성이 존중되는 학교지만 변하지 않는 게 있어. 바로 소문이 퍼지는 속도와, 그에 비례해 점점 더 과장되는 말들. 이건 오래전이나 지금이나 별반 다르지 않아. 그때도 그랬어. 그 잘난 수행 평가 때문에 반 아이들, 나아가 우리 학년 전체가 들썩였잖아.

우여곡절이 좀 많았지만 미술관 견학 수행 평가도 모두 끝났지. 어쨌든 우리 조가 미술관에 간 건 사실이야. 그것도 토요일에 너와 나 단둘이 말이야. 그 덕분에 최고 점수를 받았잖아. 대체 그게 무슨 문제가 되는 걸까. 우리 둘의 개인적인 사정은 아무도 몰라. 그러니까 조금 더 구체적인 예를 들자면, 네가 흔하디흔한 내 필통을 찾아 주고, 미술관에서 보았던 그림을 선물해 준 사실들 말이야. 그건 아무에게도 얘기하지 않았어. 누군가에게 함부로 말하고 싶지 않은 것들이니까.

J는 정말 멋지게 PPT를 만들었고, 너는 차분하고 명확한 목소리로 발표를 했어. 물론 나 역시 전날 밤늦게까지 원고를 고치고 또 고쳐 썼지. 인터넷이나 메타버스에서 쉽게 찾을 수 있는 정보는 싫었어. 그 작품을 직접 눈으로 본 사람만이 느낄 수 있는 감상을 전하고 싶었거든. 그래야만 우리가 황금 같은 토요일에 미술관까지 간 보람이 있을 테니까. 우리 세 명의 팀워크가 환상적이었다는 걸 너도 잘 알잖아. 담임 선생님이 인정했을 정도로 말이야. 만약 우리가 최고 점수를 받지 않았다면 그런 소문은 나지 않았을까? 그 소문의 근원지가 어디인지는 굳이 찾아볼 필요조차 없었지.

너와 내가 미술관 데이트를 위해 일부러 K를 뺐다는 그 허무맹랑한 소리 말이야. 그걸 자신의 입으로 퍼뜨리고 다니는 K도 웃기지만, 말도 안 되는 소리를 믿는 아이들이 더 어이가 없었지. 아! 그래, 성이 두 글자에 이름이 외자인 네 이름. 발표를 마친 너에게 담임이 잘했다며 칭찬을 해 줬어. 거기까지는 좋았는데 또 네 이름을 잘못 불렀잖아. 그런 경험이 익숙한 듯 너는 아무 말도 안 했어. 그래서 네 대신 얘기했을 뿐이야.

"쌤, 발표자 이름 틀리셨는데요?"

대체 네 이름을 정정해 준 것과 미술관 견학이 무슨 상관이 있을까? 소문은 꼭 불량 식품 같아. 먹어 봤자 몸에 도움되는 거 하나 없잖아. 오히려 건강에 나쁠 수도 있어. 하지만 먹는 동안은 맛있어. 따분한 학교생활에 아이들은 입이 심심했겠지. 달콤하고 새콤한 자극이 필요했을 거야. 원료가 뭔지, 어떤 성분이 들어갔는지는 전혀 중요치 않아. 소문의 진실이나 개연성 따위는 사탕 껍질처럼 쉽게 쓰레기통에 버려지거든.

"좀 말이 되는 소리를 해라. 둘이 만나고 싶으면 만나는 거지, 굳이 수행 평가까지 들먹일 이유가 어디 있어? 지금이 무슨 조선 시대야? 남녀가 유별해?"

그 소문에 적극적으로 항의한 사람은 바로 J였어. 그러나 너는 침묵했지. 알고 있었던 거야. 아니라고 해 봤자 괜스레 소문만 키운다는 사실을. 지금 생각해 보면, 오히려 그 소문이 너와 나를 가깝게 만들어 준 것 같아. 괜한 말들과 황당한 소문이 없었다면 네가 굳이 나에게 연락을 했을까? 나 역시 너에게 전화할 일도 없었겠지. 우리는 수행 평가도 다 끝났고 더는 같은 조가 아니잖아.

나는 너에게 쓸데없는 얘기는 신경 쓰지 말라 했어. 너는 나에게 미안하다 사과했지. 아이들의 입에 오르내리게 해서, 더러운 농담과 유치한 야유를 받게 해서 마음이 안 좋다고 했어.

"네가 왜 미안해? 이상한 소문 퍼뜨린 K가 사과할 일이지."

물론 사과할 아이였다면, 처음부터 그런 소문 따위 퍼뜨리지 않았을 테지만.

"아니야. 미안해."

마냥 착하기만 한 네가 조금은 답답했어. 어쨌든 시끄러운 일은 그렇게 마무리되는가 싶었어. 우리는 고등학교 2학년이었고, 영양가 없는 소문에 신경 쓰기엔 하루가 너무 바빴거든. 우리는 가끔 통화도 하고 서로에게 메시지를 보냈지만, 학교에서는 철저하게 서로를 외면했지. 아이들의 입방아에 오르내리는 것도 귀찮고, 뭐랄까? 그냥 비밀로 해 두는 편이 나을 것 같았거든. 학교에서 인사조차 안 하는 너와 나를 보며 아이들은 또 다른 소문을 퍼뜨렸어. 높은 점수를 받기 위해 K를 일부러 뺐다고 말이야. 수행 평가가 끝났으니 이제 서로가 필요 없어졌다나? 독하고 무섭다는 말이 따갑게 뒤통수를 때렸지. 졸지에 수행 평가 하나에 목숨 거는 열혈 모범생이 되었지만, 차라리 그쪽이 더 듣기

편했어. 적어도 너와 나를 번갈아 보며 괜스레 히죽거리는 소리는 멈췄으니까.

"너희, 애들 소문 때문에 싸웠어?"

냉랭한 우리를 보며 J는 이렇게 말했어. 하지만 내 방에는 네가 준 바다 그림이 놓여 있었고, 핸드폰 속에는 너와 나눈 이야기들이 차곡차곡 쌓여 갔지.

그런데 어느 날부턴가 너는 좀 이상했어. 아침에 지각하는가 하면 수업 시간에 꾸벅꾸벅 졸기도 했어.

- 밤새 공부하는 거야?

- 공부는 안 하는데 밤새 다른 걸 해.

- 너도 난달에서 밤새워 노는구나? 너 그러다 XR 헤드셋 압수당한다?

- 엄마 아빠는 일하랴 동생 돌보랴 나 신경 쓸 겨를 없어.

- 동생이 몇 살인데 돌본다는 표현을 써?

- 다섯 살.

- 다섯 살이면 너랑 띠동갑도 넘잖아? 완전 아기네. 늦둥이구나?

- 좀 터울이 있어. 그래서 정말 귀여워. 요즘 블록에 빠져서 놀아 주기 바빠.

- 혹시 사진 있어?

너는 그 즉시 사진을 보냈어. 밥 먹는 모습, 자는 얼굴, 양손에 블록을 들고 한껏 웃는 모습까지, 사진을 보는 내내 저절로 눈이 커졌지.

 - 야, 이거 네 어릴 적 사진 아니야?

지금의 네게서 딱 십삼 년을 빼면 이 모습이라 생각했거든.

 - 다들 그렇게 말해. 우리 엄마도 나랑 내 동생 보고 십삼 년 차 쌍둥이라고 하니까.

그 말이 정답이었어. 십삼 년의 시차를 두고 태어난 쌍둥이. 너처럼 두 눈이 완전히 사라진 채로 웃고 있는 꼬맹이를 보니, 뭐랄까? 시간 여행을 해서 네 과거와 마주한 기분이랄까.

 - 와, 역시 유전자의 힘은 위대하네. 같이 다니면 네 아들인 줄 알 겠다.

 - 그 정도는 아니거든.

 - 네 동생이 고등학생 되면 우린 몇 살이 되는 거야?

 - 아마 서른이 되겠지.

 - 와, 이십 대도 아닌 삼십 대? 까마득하다.

그땐 참 시간이 더디 갔지. 학교를 졸업해도 또 학교, 시험을 끝내도 또 시험, 교복을 벗으면 또 다른 교복이었잖아. 그런데 시간은 메타버스와 별반 다르지 않아. 터치 몇 번에 세상이 변하 듯 모든 것이 너무 빨리, 너무 순식간에 바뀌어 버렸어.

그날 너는 나에게 이런 메시지를 보냈어.

 - 곧 너에게 보여 줄 게 있어.

그것이 무엇인지는 감이 잡히지 않았지. 나는 절대 그곳에 가지 말았어야 했어. 그랬다면 내 삶도 조금 천천히 흘러가지 않았을까? 너의 시간도 한곳에 못 박히지 않았을지도 몰라. 나는 지금도 문득문득 생각해, 내가 무엇을 어디서부터 잘못했는지……

교문을 나서기 무섭게 교복 타이를 풀어헤쳤다. 동시에 주머니 속 핸드폰이 몸을 떨었다.

- 아들, 미안해. 오늘 봄 체육 대회 끝나서…….

미적지근한 바람이 주위를 맴돌았다. 메시지를 확인한 후 엄마에게 답장을 보냈다. 폰에 저장된 번호들을 휘휘 넘겨 보았다. 도운은 반 친구들이랑 영화를 보러 간다고 했다. 다른 녀석들은 별로 만나고 싶지 않았다. 딱히 식욕도 없었다. 집에는 라면이 있었고 간단하게 편의점에서 해결할 수도 있었다.

"형, 들었지? 엄마 아빠 늦게 와. 그리고 나는 오늘 시간이 많아."

─그럼 XR 게임방에 가든지. 엄마 아빠도 늦는다며?

핸드폰을 주머니에 넣고는 6차선 도로 너머 빽빽한 아파트 숲을 향해 걸었다. 아침에는 이 짧은 거리가 한없이 멀게만 보였는데 걷다 보니 어느새 단지에 도착했다. 멀리 익숙한 차가 주차되어 있었다. 아빠가 들러 차를 두고 간 모양이었다. 집 근처에서 저녁을 먹은 후 간단하게 술자리를 가지겠지. 두 분 모두 많이 늦는다는 뜻이다.

엘리베이터에서 내려 도어 록을 열었다. 방에 들어가 교복을 벗어 던지고 목이 늘어난 티셔츠와 반바지로 갈아입었다. 교복 주머니에서 핸드폰을 꺼내는데 형겊 쪼가리가 함께 딸려 나왔다. 나는 물끄러미 손에 쥔 남색 넥타이를 내려다보았다.

"엄마가 늦게 와서 다행이네."

틀린 그림 찾기 수준이었다. 놀랍게도 그 미묘한 색의 차이를 알아본 사람이 있었다. 나는 넥타이를 손에 쥔 채 형의 방문을 열었다.

"형, 나 형 방에 들어왔다?"

―그럼 넥타이만 두고 어서 나가.

원래 사람 심리가 그렇다. 넥타이만 원위치시키고 나가려 했는데, 괜한 소리를 들으면 어쩐지 다른 것도 하고 싶어진다. 그것이 비록 내가 만든 인물의 명령일지라도…….

"아니 저건, 박물관에서나 볼 수 있는 LUX-S 시리즈?"

―고물 XR 헤드셋에 두 번 다시 손대지 않겠다고 맹세한 건 너야.

역시 프리미엄 서비스는 달랐다. 추가로 보낸 음성과 자료 들로 조금 더 정교하게 형을 분석해 버렸다. 이러다 잘하면 형에게 욕까지 먹겠다.

"시험 기간마다 늘 맹세하지. 두 번 다시는 메타버스에 접속하지 않겠다고. 그 맹세를 지켰으면 나는 이미 전교 일 등이야."

―건들지 않는 게 좋을 거야.

"비밀번호를 너무 단순하게 설정한 스스로를 원망해."

―너는 내가 아니야.

"알아. 나는 선우진이 아니야."

―경고하는데, 내 헤드셋 건드릴 생각 마.

몰랐다. 형이 이토록 자신의 물건에 손대는 걸 싫어하는지. 진짜 눈앞에 있었다면 말보다 주먹이 먼저 날아왔으려나?

"하지만 아바타 JIN은 될 수 있지."

―너 정말 귀엽지 않게 컸구나?

허! 이런 말도 할 줄 아네.

"내가 곰솔에게 형의 죽음을 말할까 봐? 그게 두려운 거야? 그 사람이 여전히 형이 살아 있다고 믿게 하고 싶어? 그래서 내가 이 방에 들어오지 못하게 막은 거야?"

사실 두려운 건 나 자신이었다. 엄마 아빠가 없으니 눈치 보지 않고 형 방에 들어가 가우디에 접속할 수 있었다. 가면 안 된다는 생각과 오늘이 기회라는 초조함이 머릿속에서 뒤엉켜 싸웠다.

―너는 아무것도 몰라.

"그래, 나는 아무것도 몰라. 그날 밤 형이 왜 나갔는지 모른다고."

나는 스마트 매트에 올라서서 낡은 헤드셋을 착용했다. 전원을 누르자 눈앞에 파란 바다가 펼쳐졌다. 가우디에 입장하시겠습니까?

허공에 반짝이는 메시지를 터치했다. 잔잔했던 바다가 요동치며 거대한 문이 솟아올랐다.

가우디에 모신 걸 환영합니다. 입장하실 열쇠를 준비해 주세요.

열쇠는 이미 준비되어 있었다. 이 문을 열고 들어가면 곰솔에게 메시지가 뜰 것이다.

JIN 님이 가우디에 입장하셨습니다.

비밀번호를 입력하기 무섭게 쿠궁 소리와 함께 문이 열렸다. 나는 또다시 아바타 JIN의 모습으로 가우디에 발을 내디뎠다.

가우디? 물론 들어는 봤지. 집 짓기 게임이잖아. 누가 더 근사하고 예쁜 집을 짓는지 유저들 사이에서 경쟁이 치열했어. 그때는 메타버스 집들이 유행이었잖아. 하지만 네가 그 게임에 빠져 있을 줄은 몰랐어. 전혀 눈치채지 못했거든. 다른 아이들이 가우디 얘기로 열을 올릴 때, 너는 줄곧 침묵했으니까. 그곳에서 밤새 정원을 꾸미고 집을 짓느라 학교에서 툭하면 졸고, 자재를 사기 위해 용돈을 탈탈 털어서 음료수 하나 사 먹을 수 없었다는 사실을 누가 예상했겠어.

가우디에 아이디가 있는지 물었을 때 나는 없다고 대답했지.

"없어?"

놀라는 네게 "너는 있어?" 오히려 내가 더 놀라 되물었어. 유행이란 다수가 관심을 보이지만 결코 모두는 아니야. 나는 그 다수에 포함되지 않는 사람이었나 봐. 겨울에 오는 눈을 싫어하고 크리스마스에도 별 관심 없는, 세상에는 나 같은 사람도 존재하니까.

내 집 마련의 꿈을 그렇게라도 실현하고 싶은 마음이야 알겠지만, 나는 집 짓기 게임도 메타버스 집들이도 별 흥미를 못 느꼈어. 그러니 아이들이 집들이에 초대해도 아이디조차 없다며 거절했지. 뭐 사실이니까. 그런 내가 새 아이디를 만들어 가우디에 접속했어.

JIN 님이 초대장을 보냈습니다. 초대를 수락하시겠습니까?

그날이 처음이었을 거야. 메타버스에서 너의 아바타와 만난 것이. 우리는 한동안 서로의 아바타를 보며 말없이 웃었어.

너는 멀리 초록 숲이 보이고 사철 잔디가 파릇한 정원에 예쁜 이층집을 지었어. 그런데 막상 안으로 들어가니 이제 막 이사 간 집처럼 텅 비어 있었지.

"미안, 집 짓는 자재를 사느라 캐시를 다 써 버려서. 집 안은 이제부터 하나하나 채워 넣으려고."

네가 이렇게 말하고는 빠르게 덧붙였어.

"혹시 실내는 이런 식으로 꾸미고 싶다, 뭐 그런 거 있어? 집 꾸미기 메뉴에 들어가 보면 인테리어 소품들 많거든? 혹시 마음에 드는 거 있으면 얘기해 줘. 아, 미안한데 너무 비싼 건 지금 내 용돈으로는 무리······."

"여긴 네가 지은 집이잖아. 그걸 왜 나한테 물어?"

너의 아바타는 말없이 두 눈만 끔뻑였지.

"그게 사실은, 내가 이 집을 지은 이유가······."

"이유가?"

내가 말꼬리를 붙잡자 너는 제법 무거운 한숨을 내쉬고는 입을 열었어.

"학교에서 아는 척하면 너도 불편하잖아. 밖에서 만나기도 힘들고. 전화나 메시지로만 얘기하는 것보다 여기서 직접 보면서 얘기하는 게 좋지 않을까 싶어서. 비록 아바타긴 하지만."

기분이 오묘했어. 네가 나를 위해 이런 곳을 만들었다는 게 놀랍지만, 다른 한편으로는 조금 서운했거든. 말도 안 되는 소문에 네가 너무 신경을 쓰잖아. 너도 불편하잖아 묻는 건, 너 역시 학교에서 내가 불편하다는 뜻일까?

"너는 그 소문이 되게 신경 쓰이나 봐?"

"······."

"그래서 나한테 미안하다고 한 거야? 그럼 나도 너한테 사과해야겠네."

아이들의 눈을 피해 메타버스에서 만날 만큼 너와 내가 뭘 그리 잘못했을까. 사실 그건 K의 일방적인 모함이잖아. 물론 신경 쓰이지 않았다면 거짓말이겠지. 하지만 전혀 걱정하지 않았어.

어차피 소문에 단물이 빠지면 아이들도 금세 뱉어 낼 테니까.

"내가 사과한 건."

네 아바타가 아랫입술을 잘근거렸어.

"K의 말이 완전한 거짓은 아니야. 그래서 너한테 미안하다고 한 거야."

"무슨 소리야? 거짓이 아니라니."

너는 한 번 더 크게 숨을 내쉬었지.

"너와 단둘이 미술관에 가고 싶어서 K를 뺐다는 소문. 물론 그 자체는 거짓이야. K가 너무 자기주장만 내세우니까, 그게 싫었을 뿐이야. 그런데 K가 진짜 조에서 나가 버리고 J는 다쳐서 미술관에 갈 수 없고, 너와 둘이 토요일에 미술관에 간다고 생각하니까……."

네 아바타 얼굴이 붉게 물들었어. 헤드셋 속 네 얼굴도 붉어졌다는 의미였지. 열 센서가 작동할 정도로.

"기분이 이상했어."

"이상해?"

"떨리기도 하고, 설레기도 하고. 미술관에서 만나기로 한 날, 새벽에 적어도 열 번은 깬 것 같아. 혹시 늦잠 자서 약속 시간에 늦을까 봐."

"우리 오후 1시에 만났잖아."

"그러니까……."

너는 더 이상 나를 똑바로 보지 못했어.

"K의 소문이 백 퍼센트 거짓은 아닌 거지."

네가 진짜 모습이 아닌, 아바타였기 때문일까? 그래서 네가 낯설게 느껴졌을까. 아니 어쩌면 나는 그날 너의 진짜 모습과 마주했는지도 몰라. 가장 친한 J조차 네가 수업 시간에 꾸벅꾸벅 졸았던 이유를 모르잖아. 교실과 복도에서 눈인사조차 나누지 않는 우리가 이렇듯 한 공간에 있을 줄은 아무도 몰랐을 거야.

"너에게 이런 면이 있는 줄 몰랐어."

내가 말했지. 너는 그제야 고개 들어 나를 보았어.

"나도 나에게 이런 면이 있는 줄 몰랐어."

네 아바타가 빙긋이 웃었어. 두 눈이 사라지는 미소를 보며 나는 황급히 시선을 돌렸지. 내 헤드셋에도 열 센서가 작동할 것 같았거든.

누군가를 마음에 담아 두는 일은, 타인이 아닌 낯선 스스로를 만나는 시간인 것 같아. 그 사실을 너를 통해 배웠어.

나는 네 미소를 피해 서둘러 2층으로 올라갔지. 그곳 역시 가구라고는 없었어. 그냥 텅 빈 곳이었잖아. 하지만 숲이 한눈에 보이는 커다란 통창이 마음에 들었어. 나는 창을 열고 발코니로 나갔어.

"와, 가우디가 이런 곳인지 진짜 몰랐네. 이럴 줄 알았으면 나도 집을 만들 걸 그랬어. 집들이 같은 것 없이, 가끔 들어와서 머리 식히기 정말 좋잖아."

등 뒤에서 발소리가 들려왔어. 망설이듯 주춤거리는 걸음은 바로 옆에서 멈췄지.

"그럼 머리 식히러 여기로 와."

"여긴 네가 지은 집이잖아. 네 초대 없이는 못 들어오는 거 아니야?"

"공유 친구로 등록해 놓을게. 그럼 나 없을 때도 언제든지 자유롭게 들어올 수 있어."

"정말? 그럼 나 너 없을 때 맨날 들어온다?"

너는 기쁜 듯 크게 고개를 끄덕였어.

"공유 친구가 되면, 너도 이곳의 소유자나 마찬가지야. 그럼 네가 원하는 대로 이것저것 다 바꿀 수도 있고."

너는 이렇게 말하고는 잠시 멋쩍은 표정을 지었어.

"아, 지금은 너무 텅 비어서 바꾸고 말고 할 것도 없지만."

"여길 어떻게 꾸미고 싶은데?"

내가 물었어. 네 아바타가 고민하는 듯 왼쪽 허공을 바라보았지.

"정원에는 빨간 장미를 심고 싶어. 예쁠 것 같아. 그리고 나 사실 벽난로 있는 집이 로망이거든. 멋지잖아. 눈 내리는 겨울에 타닥타닥 장작 타는 소리 들으면 되게 좋을 것 같아."

"우와! 나는 눈 싫어. 춥고 질척거리고 길 막히고. 연말에 사람들 북적이는 것도 싫고."

"너 겨울 싫어하는구나?"

나는 대답 대신 푸른 숲을 바라보았어. 이곳은 현실이 아니니까 눈이 내려도 춥지 않을 거야. 길이 질척거리거나 차가 막히지도 않겠지. 연말이라 거리에 사람들이 북적이지도 않겠고, 그 탓에 만원 지하철이나 버스를 타지 않아도 돼. 만약 거실에 벽난로를 설치한다 해도 매캐한 연기를 걱정할 필요도, 청소할 번거로움도 없겠지.

"싫어하진 않아. 매해 겨울을 기다리는 이유가 있거든."

그게 뭐냐고 네가 물었어. 그 모습이 마치 산책하러 가자고 조르는 강아지 같았지.

"그건 말이지……."

현실은 온 세상에 까만 밤이 내렸을 거야. 그런데 너와 내가 있는 이곳은 여전히 하늘이 밝고, 나무가 푸르고 산새 소리가 들렸어. 나는 짙푸른 잔디를 내려다보며, 저곳에 붉은 장미가 피어나면 어떨까 상상해 봤어. 당분간은 프랜차이즈 카페를 가지 말아야겠다고, 쓰지도 않는 볼펜과 노트를 사는 것도 자제하고, 메타버스 콘서트와 영화관에도 잠시 안녕을 고하기로 했어. 그럼 저곳에 장미를 심을 수 있지 않을까? 청소하지 않아도 되는 벽난로를 설치할 수 있지 않을까?

"안 웃네?"

내가 말했어.

"왜 웃어?"

네가 되물었지.

"고작 그런 이유로 겨울을 좋아한다고 비웃을 줄 알았는데?"

"그게 왜 고작이야. 무언가를 기다릴 이유가 있다면, 그게 뭐든 행복하고 좋은 거야."

너는 그 마음이 뭔지 알고 있다는 눈빛이었어. 그 표정이 나를 안심시켰지. 그건 너의 진심이었으니까. 너는 멋대로 상대를 단정 짓지 않는구나. 이 공간처럼 편안하고 아늑한 사람이구나.

"한 가지 더."

숲을 보던 시선이 너에게로 돌아왔어.

"곰솔이 무슨 뜻이야?"

"그런 너는 아이디가 왜 하필 방울뱀이야?"

그날 우리는 제법 많은 이야기를 나눴던 것 같아. 그 뒤로 너는 2층에 소나무 사진을 걸었고, 나는 작은 방울뱀 인형을 샀지. 하지만 그러지 말았어야 했어. 내가 겨울을 좋아하는 이유 따위 절대 말하지 말걸, 네가 없어도 매일 들어온다는 소리는 농담으로라도 하지 말았어야 했어. 있잖아, 나는 이제 일 년 중 겨울이 제일 싫어.

숲길을 걸으며 곰곰이 생각에 잠겼다. 나는 형이 아니고, 내 진짜 아바타는 SOL이다. 비록 이곳에서 JIN의 모습을 하고 있지만, XR 헤드셋 속에는 서른 살이 아닌 열일곱 살 고등학생이 숨어 있다. 형의 친구였다면 곰솔 역시 삼십 대겠지. 어쩌면 그 이상일 지도 모른다.

내가 하얀 벽돌집 문을 벌컥 연 후 '안녕하세요, 저는 사실 JIN이 아닙니다.' 큰 소리로 고백하기보다, 상대가 먼저 눈치채도록 만드는 것이 백번 낫지 않을까? 지난번에는 너무 당황해서 불쑥 접속을 끊어 버렸다. 하지만 몇 마디만 나눠 봐도 단번에 느낄 수 있겠지. 이 아바타가 진짜 JIN이 아니란 사실을.

"그럼 더 놀라지 않을까. 자신을 놀렸다고 생각할 거야."

내가 혼자서 중얼거리는 사이 숲에서 초록 산새가 날아왔다.

곰솔 님이 가우디에 입장하셨습니다.

JIN이 접속하자마자 가우디에 들어온 모양이었다. 어쨌든 오늘은 뭔가 이야기를 해야 했다. 그 결심으로 단전에 힘을 넣고 당당히 길을 걸었다. 잠시 뒤 좁은 숲길이 끝나면서 눈앞에 하얀 벽돌집이 모습을 드러냈다. 형이 만든 집과 정원이다. 곰솔이 오랫동안 공들여 가꾼 곳이다. 이번에는 뭐라고 인사를 할까? 나는 어깨를 들썩이며 깊게 심호흡했다. 그렇게 한 번 더 현관문 앞에 섰다. 삐거덕 문이 열리는 소리보다 크게 심장이 요동쳤다.

제일 먼저 보이는 건 역시 바다 그림이었다. 그 옆으로 검은색 티셔츠와 청바지를 입은, 귀밑까지 오는 단발머리가 창가에 서 있었다.

"자주 보네?"

곰솔이 고개를 돌렸다. 십여 년 만에 나타난 상대에게 오랜만이야, 태연히 말한 사람, 아니 아바타였다. 며칠 만에 만난 JIN에게 가장 어울리는 인사였다.

"아…… 그러니까, 저기……."

막상 곰솔과 마주하니 머릿속이 또다시 백지가 되어 버렸다. 무엇을 어디서부터 어떻게 말해야 할지 알 수 없었다.

"오늘은 2층 보여 줄까? 너 지난번에 2층 구경은 안 했잖아. 거기도 내가 다시 꾸며 놨거든."

곰솔이 뒤돌아 성큼 계단 위로 올라섰다. 나는 주춤거리며 뒤를 따랐다. 마지막 계단을 오르자 통창 너머로 초록 숲이 한눈에 내려다보였다. 곰솔이 창을 열고 발코니로 나갔다.

"여기서 가끔 불꽃놀이도 보고 레이저 쇼도 구경해. 물론 가우디에 이벤트 옵션을 신청해야 하지만. 세상에 공짜는 없잖아."

곰솔은 뭐가 좋은지 나직이 소리 내어 웃었다.

"마음이 울적하면 비도 내리게 하고, 눈이 오는 숲도 바라보고. 네 말대로 초록 숲에 눈 내리는 모습이 참 예쁘긴 하더라. 여긴 춥지도 않고, 눈이 녹아 질척거리지도 않으니까. 차가 막히는 일도 없어. 아니 불가능하다고 해야 하나?"

이곳은 현실이 아니다. 그렇기에 오히려 익숙한 세계였다. 허공의 터치 몇 번이면 파라오의 무덤부터 아마존 밀림까지 갈 수 있었다. 하루가 다르게 발전하는 메타버스 속에서 고작 집 짓는 게임만으로는 계속해서 유저들의 관심을 모으기 힘들겠지. 그런데 이곳은 뭐랄까? 현실도 가상도 아닌, 전혀 다른 차원처럼 느껴졌다.

나는 곰솔의 눈치를 살피며 찬찬히 주위를 둘러보았다. 발코니에는 의자 두 개가 놓여 있었다. 벽에는 소나무 사진이 걸려 있고 바닥에는 회색 러그가 깔려 있었다. 삼단 선반에는 선인장 화분과 색색의 향초 그리고 헝겊 인형이 가지런했다. 자세히 보니 똬리를 튼 귀여운 뱀 인형이 있었다. 하늘로 향한 뱀의 꼬리에는 작은 방울이 달려 있었다. 문득 형의 아이디가 떠올랐다. 방울뱀이라는 뜻의 Rattlesnake.

"저기……."

"미안한데 나 지금 가 봐야 해. 오늘 급한 약속이 있거든."

창밖을 보던 곰솔의 시선이 나에게로 돌아왔다. 가슴에 붙은 노란색 나비 브로치가 시선을 붙잡았다.

"너 접속했다는 알람이 떠서 서둘러 들어와 본 거야."

곰솔은 여전히 형과 연결된 끈을 놓지 않았다. 그 끝에 무엇이 있는지도 모른 채.

"어, 그런데 사실……."

"일주일 뒤, 이 시간에 여기서 볼까?"

어때? 곰솔이 미소를 지으며 물었다. 나는 순순히 고개를 끄덕였다. 그 밖에 별다른 선택권이 없으니까. 하지만 일주일 뒤라면 생각을 정리할 수 있을 것이다. 절대 나쁘지 않은 제안이었다.

"그럼 먼저 갈게. 안녕."

곰솔이 팔랑팔랑 손을 흔들고는 시야에서 사라져 버렸다. 곰솔 님이 퇴장하셨습니다. 허공에 메시지가 깜빡였다. 초록 산새가 날아와 발코니에 날개를 접으며 앉았다. 나는 왼쪽 허공을 두 번 터치했다. 현실로 돌아갈 시간이었다.

도서관

모두가 잠든 새벽이었다. 나는 까치발을 든 채 조용히 방을 나
섰다. 고작 두어 걸음이면 도착할 옆방으로 가는데도 남의 집 담
을 넘듯 가슴이 뛰었다. 혹여 엄마가 깨면 어쩌나? 최대한 소리
나지 않게 문손잡이를 돌렸다. 딸깍 소리와 동시에 어깨가 움츠
러들었다. 제발 오늘 엄마 아빠의 하루가 고되고 힘들었기를 바
라는 불효자의 마음으로 나는 형 방으로 스며 들어갔다. 영락없
는 도둑 모양새였다.

역시 앨범이 있을 만한 곳은 책장뿐이었다. 내 방 책장에도 초
등학교와 중학교 졸업 앨범이 나란히 꽂혀 있으니까. 물론 친구
들이 자체 제작한 사진첩이라고 하니, 흔히 떠올리는 이것이 앨
범이다 싶게 딱딱한 디자인은 아닐 것이다.

모범생답게 형의 책장은 책으로 가득했다. 국어 시간에 한 번쯤

들어 봤을, 그러나 정작 읽어 본 사람은 적은 익숙한 제목의 소설이 많았다. 그 옆으로 나란히 시집이 몇 권 꽂혀 있었다. 공부법에 관한 책과 물리와 수학을 다룬 서적, 영문법과 독해 책 사이에 엉뚱한 심리학 책도 있었다.

"이런 책도 있네?"

나는 식물과 동물에 관한 자연 과학 책을 눈으로 좇으며 중얼거렸다. 혹시 형이 가우디의 아이디를 방울뱀으로 한 이유가 이 책들 때문이 아닐까 싶었다.

그 순간 익숙한 디자인의 앨범이 눈에 들어왔다. 가운데 중(中) 글자가 황금색으로 찍힌 것을 보니 중학교 앨범이 틀림없었다.

오래전 형도 나와 같았겠지. 설렘과 불안이 어지럽게 뒤엉킨 감정으로 중학교를 졸업했겠지. 그러나 상상조차 못 했을 것이다. 자신의 삶이 고작 이 년도 채 남지 않았다는 사실을……. 그런 줄도 모르고 마냥 들뜬 마음으로 졸업장을 받아 왔겠지? 그리고 고등학교 입학과 동시에 바로 대입을 향해 뛰었겠지. 왜 그래야 하는지도 모른 채…….

그 생각이 들자 괜스레 코끝이 찡해 왔다. 이 책장에 꽂힌 수많은 책 중 형이 끝까지 읽은 건 몇 권이나 될까? 아마 읽으려 사 둔 책들이 더 많지 않았을까? 갑자기 형의 중학교 시절이 궁금해졌다. 앨범을 꺼내려는데 바로 옆에 노트보다 조금 두꺼운 책 한 권이 눈에 띄었다. 중학교 졸업 앨범과 나란히 꽂혀 있다는 건, 내가 찾는 그것이 분명했다. 친구들이 만들어 준 마지막 선물. 나는 괜스레 방문을 흘낏 곁눈질하고는 책장에서 앨범을 꺼냈다. 그리고 대단한 보물인 듯 조심히 품에 안고 형 방을 빠져나왔다.

혹시 또 모를 일이다. 이 안에 곰솔의 흔적이 들어 있을지도. 나는 핸드폰 화면을 연 후 블루투스 이어폰을 귀에 꽂았다. 바람 소리조차 또렷해지고 작은 소음이 천둥처럼 울리는 새벽이었다. 형의 목소리가 문틈으로 새어 나간다면, 그때 하필 물을 마시러 나온 엄마가, 또는 화장실을 가려던 아빠가 듣는다면, 생각만으로도 등허리가 서늘했다.

"형?"

부르기 무섭게 형이 대답했다.

"이거 형 졸업 앨범이다? 형 친구들이 기념으로 만들어 줬어."

—알아.

"정말?"

—그럼. 내 건데 내가 모르겠나?

그래, 형도 알고 있겠지. 부디 그러기를 바라며 나는 학교 이름 대신 '진에게'라 쓴 앨범을 넘겼다. 그 속엔 다양한 모습의 형이 담겨 있었다. 누군가 장난으로, 어쩌면 심심해서, 수행 평가를 위해, 기념을 남기려고 친구들이 형의 순간순간을 박제해 놓았다.

막대 사탕을 입에 물고 있는 사진 밑에는 '박물관으로 가는 차 안에서'라는 제목이 붙어 있었다.

어스름 저녁 학교 운동장에서 농구를 하는 형과 카페에서 커피를 마시는 형, 햄버거와 피자를 앞에 두고 행복하게 웃는 형과 강당에서 행사를 준비하는 형의 모습도 담겨 있었다. 체육 대회나 축제를 찍은 사진들도 있었다.

'나의 참고서였던 진의 노트'. 앨범 속에는 형의 노트를 찍은 사진도 있었다. 반듯한 글씨체에 색색의 볼펜으로 밑줄을 그어 놓았다. 중요한 부분은 별표까지 그려 넣었는데 시험에 나오니 꼭 외우라는 의미 같았다.

"형이 지금 내 노트 봤다가는 난리 나겠다."

─안 보는 게 좋을 것 같아.

"잘 알고 있네."

나는 피식 웃으며 앨범을 넘겨 보았다. 대부분은 형을 찍은 사진이었는데, 그중 몇몇은 학교 행사나 여행 때 단체로 찍은 것도 있었다. 그마저도 1학년과 2학년 시기가 섞여 있는 탓에 혹시 이 사람이 곰솔일까 짐작할 만한 인물은 전혀 보이지 않았다. 역시 학교에서 만난 사이는 아니란 뜻일까? 나는 책상에 앉아 비스듬히 턱을 괬다.

"형, 여기에 곰솔은 없어?"

─글쎄? 있을 수도 있고 없을 수도 있겠지?

귓가에 후후 나직한 웃음소리가 들려왔다. 나는 형의 빈정거림에 짜증도 화도 낼 수 없었다. 그 사실에 어쩐지 서글퍼졌다.

무심한 손길로 설렁설렁 앨범을 넘기자니 슬슬 졸음이 쏟아졌다. 눈꺼풀이 무거워지고 절로 하품이 터져 나왔다. 마지막 장에는 도서관에서 찍힌 형의 모습이 있었다. 다른 사진들과 달리 형은 누가 봐도 흠칫 놀라는, 제대로 당황한 표정이었다. 무방비 상태에서 기습적으로 찍힌 듯했다.

"선우진 은근히 인기 많았구나. 온갖 곳에서 사진을 다 찍히……."

나는 말을 멈추고 조금 더 자세히 사진을 들여다보았다. 형이 서 있는 장소는 도서관이 틀림없었다. 서가와 서가 사이 비좁은 틈새에 있었는데 이제 막 꺼내려는지 형의 손끝에 비스듬히 딸려 나온 책 한 권이 보였다.

"혼자가 아닌데?"

형 뒤, 그러니까 좁은 통로에 나란히 선 누군가가 있었다. 일순 눈꺼풀을 짓누르던 잠이 달아나 버렸다. 나는 허리를 곧추세우고 사진을 가까이 들여다보았다.

"남자가 아니야."

형이 키가 큰 건 인정한다. 하지만 그렇게까지 대단한 덩치는 아니다. 아무리 키가 작다 해도 만약 상대가 남자라면 저렇듯 전부를 가릴 순 없을 것이다. 그러니 형과 나란히 서 있는, 등 뒤에 가려진 사람은 여자일 확률이 높았다.

"저거 치마야, 그치?"

형의 다리 사이로 삐죽이 튀어나온 삼각형, 바로 교복 치마였다.

"형, 뭐야. 갑자기 사진을 찍혀서 놀란 거야, 아니면 누구랑 같이 있는데 그 장면을 들켜서 놀란 거야?"

— 그건 네 상상에 맡길게.

그 말이 정답이다. 처음부터 끝까지 내 상상과 망상일 뿐, 그 이상은 손에 넣을 수 없었다. 형은 아무것도 말해 주지 않으니까. 더는 그럴 수 없으니까.

나는 핸드폰으로 앨범 속 형을 찍었다. 그러고는 선명도를 최대로 높여 사진을 확대했다.

"형, 지금 내가 뭐 하는지 알아?"

— 그야 나는 모르지?

"정답이야."

사실 나도 지금 내가 뭘 하는지 알 수 없다. 다만 형에게 가려진 그 너머의 누군가를 바라볼 뿐이었다.

"어디를 간다고?"

한낮에 유령이라도 본 듯 도운이 두 눈을 크게 떴다. 내가 점심시간에 도서관에 가는 게 그리 놀랄 일인가? 하긴 중학교 때부터 나를 봐 왔으니까. 녀석이 자신의 두 귀를 의심하는 표정을 짓는 것도 크게 무리는 아니다.

"도서관은 왜?"

나는 걸음을 멈추고 도운을 향해 몸을 돌려세웠다.

"도서관에 왜 가겠냐? 설마 낚시하러 가겠냐?"

"지식을 낚을 수도 있지?"

도운이 싱겁게 웃으며 어깨를 으쓱했다. "됐다, 미친놈아." 한마디를 남긴 채 나는 성큼성큼 운동장을 가로질렀다. 사실 그 소리는 녀석이 아닌 나에게 할 말이었다. 정말 미친놈이 따로 없으니까. 그깟 곰솔이 뭐라고 엄마의 외장 하드를 몰래 훔치지 않나, 밤새 형의 졸업 앨범까지 엿보지 않나. 그 탓에 오늘 아침부터 엄마에게 기어이 한 소리를 들었다.

"아들, 요즘 많이 피곤해 보인다? 설마 밤늦게까지 공부하느라 그런 건 아니겠고."

도둑이 제 발 저린다더니, 나는 괜한 짜증을 쏟아 내고는 식탁을 벗어났다. 엄마가 차곡차곡 모아 둔 형의 기록들을 훔쳐 낸 것이 양심에 찔려서, 형의 공간에 멋대로 들어간 일이 마음에 걸려서, 엉뚱한 엄마에게 화풀이했다. 평소라면 '저 녀석이 어디 아침부터?'로 시작되는 잔소리를 들었을 텐데, 어쩐 일로 엄마는 우아하게 커피 잔만 들어 올렸다. 그렇게 사람 속을 오히려 더 뜨끔하게 만들었다.

"이게 다 형 때문이야."

나는 눈을 들어 학교 건물을 올려다보며 중얼거렸다. 아무래도 이곳 어딘가에 형의 영혼이 있는 게 틀림없었다.

"왜, 형이 다닐 때는 명문고로 평판이 자자했던 학교인데 나 같은 놈이 와서 속상하냐?"

— 알면 됐다.

이제 핸드폰 없이도 머릿속에 저절로 형의 대답이 그려졌다. 나는 계단을 뛰어올라 건물 안으로 들어섰다.

몇 년 전 학교는 대대적인 공사를 했는데 그때 도서관도 복층으로 증축했다. 그 덕분에 1층과 2층의 분위기는 사뭇 달랐다. 그럴싸한 표현을 빌리자면 도서관의 과거와 현재를 한눈에 볼 수 있다고나 할까?

1층은 학교 도서관 하면 떠오르는 전형적인 모습이었다. 서가에 빼꼭하게 책이 꽂혀 있고 독서와 공부를 할 수 있는 널찍한 책상들이 가지런히 줄을 맞췄다. 그에 반해 새로 지은 2층은 도서관이라기보다 북 카페에 가까웠다. 색색의 소파가 징검다리처럼 드문드문 놓여 있었다. 테이블마다 노트북이 있고 그 뒤로 반쯤 누워서 책을 읽을 수 있는 쉼터도 마련되었다. 이렇듯 편안한 분위기 탓에 도서관을 수면실이라 부르는 녀석들도 있었다. 책과 고요, 이 둘만큼 수면에 도움이 되는 것도 없으니 완전히 틀린 말은 아니다.

나는 도서 검색대에 책 제목을 써 넣었다. '삶 그리고 그림'을 입력하자 대출이 가능하다는 표시와 함께 청구 기호가 나왔다. 제목에서 알 수 있듯이 책은 예술 분야 서가에 있었다. 오 년 전에 개정판이 나왔다는데 학교 도서관에 있는 건 표지가 다른 옛날

버전이다. 고로 사진 속 형이 꺼내려던 그 책이 이곳에 여전히 존재한다.

앨범 속 사진을 다시 찍어 확대한 이유는, 형이 읽으려던 책이 혹시 집에 있는지 확인하기 위해서였다. 각종 지식에 관심이 많았던 형이지만, 미술에 관련된 책은 교과서를 제외하면 단 한 권도 없었다. 그랬던 형이 가우디에서만큼은 거실 한쪽에 커다란 그림을 걸어 놓았다. 혹시 그 이유가 곰솔 때문은 아닐까? 하필 사진 속에서 꺼내려던 책 제목이 『삶 그리고 그림』이지 않은가. 그 책이 아직 학교에 남아 있는지, 혹여 남아 있다면 사진 속 장면과 어떤 연관이 있는지, 형에게 가려진 그 인물의 흔적을 찾을 수 있을지 궁금했다.

―그럴 시간에 차라리 공부하는 게 어떨까?

형의 비웃음이 그림자처럼 따라붙는 기분이었다. 나는 도서관을 한 바퀴 둘러보고는 예술 분야 쪽으로 걸어갔다. 신간과 인기 도서 대부분은 2층에 있었다. 1층에 남아 있는 오래된 책 중에서도 미술 서적이라니. 어쩌면 십이 년 전 형의 손길이 닿은 게 마지막이지 않았을까? 그 후에 내가 처음으로 다시 찾는 것인지도…….

나는 청구 기호를 눈으로 살피며 좁은 서가로 들어갔다. 그때 도서관 문이 열리더니 엷은 웃음소리가 들려왔다.

"식사했어요? 나 오늘 메뉴를 잘못 봐서 탕수육 나오는 줄 알았잖아. 버섯탕수육이더라고."

사서 선생님에게 반말을 하며 도서관 문을 열고 들어올 수 있는 사람은 같은 선생님밖에 없겠지. 역시 선생님들도 인간이구나. 버섯탕수육은 명백한 기만이자 배신이다. 나는 책장 사이를 빠져나와 기웃이 밖을 살폈다. 테이블에 쌓아 둔 책 무더기에 가려 뒷모습만 살짝 보였다. 누군지는 알 수 없지만 1학년 쌤은 아닌 듯싶었다.

나는 손끝으로 책들을 더듬으며 안으로 들어갔다. 확실히 두 사람이 서 있기엔 폭이 좁다.

"그러게요. 학교 다닐 때도 이렇게 도서관이랑 친했으면 인생이 달라졌을 텐데. 아, 커피 좋죠. 참 지난번에 쌤이 추천해 준 그 책 진짜 좋더라. 그 작가 초창기 작품은……."

도서관 가득 진한 커피 향이 퍼져 나갔다. 익숙한 목소리는 아니었는데 어디선가 들어 본 것도 같다. 하긴 선생님들 목소리야 다 거기서 거기겠지. 모노 톤의 지루한 음성.

숫자를 더듬어 가던 손끝이 한곳에 멈췄다. 『삶 그리고 그림』이 눈앞에 있었다. 개정판 전의 옛 디자인이었고, 사진 속 형이 꺼내려던 바로 그 제목이다. 나는 조심스레 책을 꺼냈다. 낡은 책 속에는 매캐한 시간의 냄새가 고여 있었다.

생각보다 두껍지 않았다. 미술책답게 그림들은 모두 컬러다. 다섯 명의 화가들이 자신의 작품을 에세이 형식으로 이야기하고 있었다. 특별히 형과 연관성이 있는 책은 아닌 것 같은데?

"몰랐구나? 교감 쌤 나 별로 안 좋아하세요. 소문? 아! 벌써 1학년들 사이에서도 쫙 퍼졌어요. 하긴 원래 학교가 그렇잖아……."

말하던 목소리가 뚝 하고 끊기더니 "아, 1층에 누구 있어요?" 속삭이는 소리로 바뀌었다. 동시에 책장을 넘기던 손도 멈췄다. 지금 나를 말하는 건가? 졸지에 다른 사람 이야기나 엿듣는 생쥐가 돼 버렸다. 그런데 저 선생님은 그 만학도 유령의 정체를 알고 있나? 갑자기 궁금해졌지만 이내 고개를 내저었다. 여긴 학교 도서관이다. 점심시간에 학생이 책을 보러 오는 건 당연한 일 아닌가? 나는 모른 척, 못 들은 척 책으로 눈을 돌렸다. 사실 책을 더 볼 필요는 없었다. 그냥 따분하고 지루한, 읽어도 무슨 말인지 모르겠는 예술에 대한 난해한 설명만 잔뜩 적혀 있었다.

그만 가자, 싶은 생각에 책을 덮으려는데 순간 날카로운 파열음이 도서관을 울렸다.

"미안해요. 핸드 크림을 발라서 손이 미끄러웠네. 아니요. 안 다쳤어요."

컵이 깨진 모양이었다. 여러모로 참 시끄러운 선생님이었다. 나는 고개를 내젓고는 책으로 눈을 돌렸다. 마지막이라 생각하고 가볍게 훑는데 페이지 귀퉁이에 작은 낙서가 적혀 있었다. 7/15, 그리고 옆에 표시된 별표를 보는 순간 가슴에서 빠직 소리가 들려왔다. 그건 조금 전 컵이 깨지는 소리보다 더 큰 파열음이었다. 책 귀퉁이에 그려진 별표는 앨범 속 노트 사진에 있던 바로 그 모양이었다. 틀림없는 형의 흔적이다.

"미안해요. 나 잠깐 화장실 좀……."

재바른 발소리와 함께 도서관 자동문이 열렸다. 나는 책장 사이를 빠져나와 의자에 주저앉았다. 사서 선생님이 대출대에 앉아 도서를 정리하고 있었다. 7/15는 책에 거꾸로 적혀 있었다. 그 뜻은 둘 중 하나였다. 만약 이 책을 형이 보고 있었다면, 맞은편에 앉은 누군가 낙서를 했단 뜻이다. 만약 그 반대라면, 이 책은 다른 누군가 보고 있었고, 형이 맞은편에 앉아 자신의 방향으로 숫자를 적은 것이다. 아마 두 번째일 확률이 높았다. 그 옆에 적힌 세 개의 별표가 바로 그 증거니까.

15분의 7이란 뜻일까? 아니면 7월 15일?

"7월 15일?"

나도 모르게 버럭 소리를 내질렀다. 책을 보던 사서 선생님이 흠칫 놀라 고개를 돌렸다. 나는 재빨리 책에 코를 박았다. 7151210 JINHYEOK은 가우디의 비밀번호다. 고로 7월 15일은 형의 생일이다. 이제는 생일이었다,라고 말해야겠지만. 나는 손끝으로 턱을 쓰다듬었다. 형은 누군가에게 자신의 생일을 알려 준 것이다. 별표 세 개까지 그려 넣은 것으로 보아, 절대 잊지 말라는 뜻 같은데. 상대는 혹시 사진 속 그 사람일까? 그 사람이 혹시 곰솔?

나는 형의 흔적이 남아 있는 페이지를 찬찬히 읽어 나갔다.

다들 물어보시죠. 초록 숲을 그려 놓고 왜 제목이 白(백)의 空間(공간)이냐? 제가 그림을 그릴 때 처음 마주하는 것이 바로 이 하얀 캔버스입니다. 그 속에서 숲과 바다와 하늘을 봅니다. 결국 모든 작품은, 저만 보고 느낄 수 있는 백의 공간에서 탄생한다고 봐야죠. 사람들은 모두 자신만의 백의 공간이 있습니다. 남들은 볼 수 없는, 어쩌면 이해시킬 수 없는 자신만의 고유한 세계 말이죠. 숲은 또 하나의 백의 공간입니다. 인간의 감각과 언어로는 완벽하게 그 세상을 볼 수 없으니까요.

연거푸 읽어도 무슨 말인지 잘 모르겠다. 다만 아주 오래전, 이 도서관이 형의 백의 공간이 아니었을까 싶었다. 남들은 볼 수 없는, 어쩌면 타인에게는 보일 수 없는 비밀을 간직한 세계. 나는 손끝으로 가만히 형의 생일을 쓰다듬었다.

편지 여섯

기억나? 우리 수행 평가 준비하면서 도서관에 간 날. 그때 J가 말했잖아.
"이 화가 진짜 생일이 5월 5일이면 어릴 때 좀 억울했겠다."
"커서는 더 좋았겠지. 자기 생일에 늘 쉴 수 있었을 테니까."

네가 대답했어. 그런가? 말하던 J가 흠칫 놀라서는 벌떡 자리에서 일어나더라. 희미하게 들리는 지잉지잉 소리에서 알아봤지, 핸드폰을 안 냈구나?

"너 아까부터?"

가볍게 눈을 흘기는 네 모습에 J가 서둘러 도서관을 빠져나갔어. 그렇게 너와 나는 도서관에 단둘이 남게 되었지. 나는 노트에 화가의 생년월일을 옮겨 적다가 문득 궁금해졌어. 흘낏 사서 선생님을 곁눈질하고는 노트 위에다 빠르게 적었지.

―너는 생일이 며칠이야?

그 노트를 보고는 너도 손에 펜을 쥐었어. 그러고는 7/15라 쓰고 잊지 말라는 듯 별표를 세 개나 그려 넣는 거 있지. 처음에는 웃었어. 그런데 찰나의 순간 뭔가 잘못되었다는 것을 느꼈어.

"야, 이거 도서관 책이잖아!"

나도 모르게 버럭 소리를 내지르자, 사서 선생님이 말했어.

"여기에서는 조용히 좀 하자, 애들아."

뒤늦게 깜짝 놀란 네가 아! 어쩌지? 싶은 표정을 지었어. 하지만 이미 늦어 버렸지. 얼마나 마음이 급했으면 도서관 책인지도 모르고 바로 써 줬을까? 놀라 어리바리한 모습이 조금은 우습기도 하고 말이야.

"그런 너는?"

네가 물었지. 나는 내 노트도 책도 아닌, 맞은편에 앉은 네 손

142

을 덥석 잡아다가 손바닥에 내 생일을 써 줬어. 별표까지 왕창 그려 넣었지. 볼펜이 지나간 자리가 적잖이 간지러웠을까? 너는 귀까지 새빨갛게 변해 갔어. 그 순간 도서관 문이 열리며 J가 들어왔어. 우리는 얼굴에 표정을 지우고 책으로 눈을 돌렸지. 나는 재빨리 페이지를 넘겼어. 아마 그 책을 볼 때마다 화가의 생일이 아닌 7월 15일이 기억날 것 같더라.

"야, 너 뭐 화나는 일 있냐? 주먹 좀 풀어라?"

J의 한마디에 너는 더 붉어진 얼굴로 자리에서 일어났어.

"오늘 날씨가 참 덥다."

딱딱하게 중얼거리더니 도망치듯 도서관을 나갔어. 그런 네 뒷모습을 보며 J가 물었지.

"오늘 비 오고 바람 부는데?"

"그러게?"

나는 빙긋이 웃으며 살짝 페이지를 넘겨 봤어. 그곳에 거꾸로 쓴 7/15를 쳐다봤지. 바보가 된 것 같기도 하고, 머릿속에 나사 하나가 빠진 것도 같았어. 별 이유도 없이 이상하게 피식피식 자꾸 웃음이 나오잖아.

"아, 맞다. 나 아까 저 자식 찍었는데."

J가 주머니에서 몰래 핸드폰을 꺼내며 말했어.

"언제?"

나는 최대한 무심한 듯 물으며, 슬쩍 J의 핸드폰을 곁눈질했지. 작은 화면 안에 놀란 토끼처럼 두 눈을 동그랗게 뜬 네가 있었어.

수민 형이 기가 막힌다는 표정으로 헛웃음을 터뜨렸다.

"먹어."

내가 치킨을 집어 들자 형이 맥주 한 모금을 마셨다. 사실 나도 치킨보다 맥주가 더 간절했다. 하지만 콜라로 만족해야 했다. 탄산이 목을 찌르는 건 맥주든 콜라든 똑같을 테니까.

나는 술을 마시는 서른 살 남자를 바라보았다. 여전히 젊음이란 단어가 어울리지만 지친 듯 피곤한 눈빛은 숨기지 못했다. 입가의 미소는 여유롭고, 맥주잔을 기울이는 모습은 쓸쓸해 보였다. 만약 진이 형이 살아 있다면, 저런 느낌일까? 문득 궁금해졌다.

"배고프면 치킨 먹어. 괜히 남의 얼굴 뜯어먹을 생각 말고."

형이 잔을 내려놓고는 입가에 묻은 거품을 닦아 냈다.

"사람 놀라게 하는 것도 가지가지다. 인마, 진짜 식겁했잖아."

"별걸 다."

나는 닭 다리를 크게 한 입 베어 물었다.

"그럼 안 놀라냐? 갑자기 전화해서는 형, 나 좀 만나 줘요, 잔뜩 목소리 깔고 말하는데?"

내 목소리가 그 정도로 심각했었나? 하긴 갑자기 전화해 놀라

긴 했을 거다.

"그런데 막상 나와서 하는 얘기가 배고프니 저녁 좀 사 달라고?"

결국 아마에 정통으로 딱밤을 맞았다. 아직도 화끈거리는 걸 보니 내일 제대로 붓겠다.

"엄마 아빠 없어서 그랬어."

"네가 일곱 살이냐?"

형이 나머지 다리 한 개마저 내 접시에 놓았다. 내가 일곱 살 때부터, 아니 내 기억 너머에서부터 나를 예뻐해 준 사람이었다. 마치 친동생처럼. 세상에 없는 진이 형에게는 미안하지만, 지금 나에게 더 가까운 사람은 바로 수민 형이다.

"사실 나는 치킨보다 맥주가 더……."

"한 대로 부족하지?"

형이 밉지 않을 정도만 눈을 흘겼다. 나는 애꿎은 치킨 무를 아작거렸다.

"뭐야, 할 얘기가."

형의 말처럼 나는 일곱 살이 아니다. 엄마 아빠가 없어서 밥을 굶는 꼬꼬마가 아니란 뜻이다. 그러니 배가 고프다는 투정은 눈에 빤히 보이는 핑계에 불과했다. 그 사실을 형이 모를 리 없었다. 나는 티슈를 뽑아 손에 묻은 기름기를 닦아 냈다.

"우리 형 말이에요."

'우리 형'이라는 한마디가 낯설게 들렸다. 남의 옷을 입은 듯 불편하고 어색했다. 생각해 보니 지금까지 한 번도 우리 형이라고 말한 적 없었다. 그 사실을 오늘에야 알게 되었다. 나를 바라보는 수민 형의 눈동자가 여리게 흔들렸다.

"그 녀석 얘기는 갑자기 왜 꺼내?"

"그냥, 요즘 들어 형 생각이 많이 나서."

수민 형에게는 더더욱 말할 수 없었다. 내가 형의 정원을 멋대로 침범한 것도 모자라, 아바타 JIN의 행세를 했다는 사실을. 만약 알게 된다면 아무리 수민 형이라도 가만있지 않겠지.

"왜, 너희 형 학교 입학해서 그래? 아니구나. 이제 혁이 네 학교지."

형이 씁쓸하게 웃고는 남은 맥주를 삼켰다. 시간이 많이 흘렀다고 생각했다. 그런데 시간의 파도에 모든 것이 마모되는 건 아니다. 나무에 새겨지는 나이테처럼 세월이 지날수록 오히려 선명해지는 것이 존재했다. 추억과 사랑, 그리움 같은 것들······.

"너 우리 학교 교복 입은 모습 봤을 때 가슴이 내려앉더라. 갑자기 과거의 한순간으로 뚝 떨어진 기분이었어."

테이블에 고여 있던 시선이 고개를 들었다.

"눈앞에 진이가 있었으니까."

그랬으니 그토록 놀란 표정을 지었겠지. 가방이 떨어진 줄도 모른 채 멍하니 서 있었겠지. 죽은 친구가 오래전 그 모습으로 다시 나타났다면 누군들 안 그러겠는가.

'정수민.' 한마디에 차갑게 굳어 버린 얼굴이 떠올랐다. 나는 수민 형에게 너무 고약하고 잔인한 장난을 쳤다.

"나도 이런데 어머님은……."

형이 맥주 한 잔을 더 주문했다. 나는 왜 이토록 죽은 형과 닮았을까? 아니 닮다 못해 아예 그 사람인 척 연극까지 하는 사태가 벌어졌지. 정말 생각할수록 한심하다.

종업원이 다가와 테이블에 새 맥주잔을 내려놓았다.

"그래서 왜? 무슨 얘기를 하고 싶은데?"

형이 부러 밝게 물었다. 나는 유리에 맺힌 이슬을 바라보았다.

"진이 형, 고등학교 때 사귄 여자 친구 있어?"

잔으로 향하던 손이 멈췄다. 뭐? 되묻는 표정을 보며 나는 의자를 끌어당겼다.

"꼭 그때 아니더라도, 전부터 사귄 여자 친구 있었느냐고. 아니면 가까이 지냈던 이성 친구는? 형은 알 거 아니야."

형이 두어 번 눈을 깜빡이더니 풋 하고 웃었다.

"왜? 뒤늦게 진이 일기장이라도 발견했냐? 그 속에 연애 편지라도 꽂혀 있었어?"

아니, 그보다 훨씬 대단한 것을 알게 되었다. 형의 비밀 일기장 속에 여전히 살아 숨 쉬는 진짜 인물과 만났다.

형이 미소를 머금은 채 천천히 잔을 기울였다.

"없었어."

자신과 다른 성별의 아바타를 설정하는 건 어려웠다. 그러니 하얀 벽돌집에서 만난 상대는 여자임이 틀림없었다.

"정말? 혹시 형이 모르는 사람이라도……."

"내가 모르면, 너에게 말해 줄 수 있는 게 없지."

멍청한 질문이었다. 수민 형이 모르는 걸 어떻게 들을 수 있을까.

"진이 여자 친구 없었어. 아니 이성에 별 관심 없었어. 적어도 내가 알기로는 그래."

그 말이 정답이다. 적어도 수민 형이 아는 바로는 그럴 것이다. 아무리 친형이라 해도 내 기억 속에 형이 없듯, 내가 형에 대해 아는 것이 전무하듯 말이다. 우리는 모두 자신이 기억하는 상대만 알고 있을 뿐이다.

"학교에 잠깐 소문이 돌기는 했어."

"어떤?"

알코올 향 사이로 고소한 기름 냄새가 풍겨 왔다. 사람들의 웃음소리 사이로 유리잔이 허공에 맞부딪히는 소리가 분주히 지나갔다. 익숙하지만 정확히 누구의 노래인지 모를 멜로디가 홀을 메웠다. 귓가에 나른한 형의 목소리가 들려왔다.

"고2 때였을 거야."

고등학교 2학년이라면 열여덟, 형이 죽은 해다.

"국어 수행 평가가 있었는데, 엉뚱하게 미술관 견학이 과제였어. 담임이 미술에 조예가 남달랐고, 또 학생들에게는 무료 관람

행사도 했었고."

문득 교감 선생님 방에 꽂혀 있던 미술책들이 떠올랐다.

"우리 조는 나랑 진이 그리고 여자아이 두 명이 있었어. 나는 축구하다 다리를 다쳐서 미술관에 갈 수가 없었고, 또 한 명은 우리 조에서 빠지고 결국 진이랑 그 여자애랑 단둘이 다녀왔거든."

형은 이렇게 말하고는 살짝 미간을 일그러뜨렸다.

"얼굴은 어렴풋이 기억나는 것 같은데 이름이 뭐였더라? 내가 사람 이름을 기억하는 게 좀 약해서."

어색한 미소와 함께 수민 형이 다시 입을 열었다.

"뭐 어쨌든 그 일로 한동안 둘이 사귀네 마네, 반이 살짝 시끄러웠지."

벽돌집에 걸려 있는 바다 그림이 생각났다. 단둘이 미술관에 갔고, 수행 평가를 하며 서로 연락을 주고받았다면, 자연스레 가까워지지 않았을까?

"그럼 그때 같은 조였던 그 사람이랑……."

형이 아니라는 듯 고개를 내저었다.

"그게 누군가 일부러 퍼뜨린 악의적인 소문이라서."

"혹시 또 모르잖아."

"안 그래도 물어봤지. 진짜 사귀는 사이 아니냐고. 진이가 절대 아니래. 사랑하고 재채기는 숨길 수 없다잖아. 그런데 수행 평가 끝나자마자 둘이 소 닭 보듯이 하더라. 정말 딱 숙제 때문에 연락하고 만났던 관계였지. 오죽하면 내가 둘이 싸웠냐고 물을 정도였겠냐."

저절로 끙 소리가 새어 나왔다. 같은 조가 되어 수행 평가를 함께했을 뿐이다. 고작 그런 인연으로 JIN의 정원에 머물러 있지는 않겠지. 더욱이 같은 고등학교였다면 형이 죽었다는 사실을 모를 리 없을 것이다.

"그 녀석 이성에는 관심 없었어."

그건 형 생각이겠죠. 한마디를 김빠진 콜라와 함께 삼켰다. 곰솔은 분명 여자다. 지금도 여전히 JIN이 사라진 정원을 지키며 도저히 이해 안 되는 반응을 보여 주었다. 두 사람이 깊은 관계인 것만은 틀림없는데, 도대체 어떤 사연이 있었을까. 그 관계를 아무도, 가장 가까운 친구조차 모를 정도로 비밀에 부쳤다는 게 문제다. 대체 왜? 무슨 이유로?

"그럼 혹시 우리 형이 가우디 얘기한 적 있어?"

가우디? 되물으며 형이 살짝 미간을 구겼다.

"집 짓기 게임."

"아! 그 가우디? 야, 네가 그걸 어떻게 알아? 완전 옛날에 유행한 건데."

완전히 옛날에 유행했던 그 게임이 요즘 내 삶의 일부가 되었다는 말은 차마 할 수 없다.

"윤리 쌤이 수업 시간에 얘기해 줬어. 십여 년 전에 가우디라는 게임이 유행했다고. 그래서 혹시 우리 형도 하지 않았나 해서."

수민 형의 눈치를 살피며 나는 닭고기를 우물거렸다. 퍽퍽한 식감에 가슴까지 답답해지는 기분이다. 이래서 어른들이 죄짓고는 못 산다고 했나?

"그때 엄청나게 유행하긴 했지. 서로 집들이한다고 난리고, 누구 집에는 뭐도 있고 뭐도 꾸며 놨다, 창밖에 뷰는 바닷가다, 대도시다, 괜한 경쟁까지 붙어서 말이야."

"형도 했어?"

수민이 형이 빙긋이 웃었다.

"나는 조금 하다 말았어. 그게 의외로 시간이 오래 걸리고 또……."

"또?"

"돈도 제법 들거든. 지금 생각해 보니 사람 심리를 교묘하게 이용하더라고. 남들보다 더 멋진 집을 짓고 실내는 독특하게 꾸미고, 그렇게 완성된 집을 자랑하고 싶게 만들잖아. 다른 애들 집들이 다녀오면 또 내 집 넓히고 인테리어 바꾸고 싶고. 뭐 그런 욕심을 자극하는 게임이었지."

남들에게 보여 주기 위한 집 꾸미기라면 당연히 그럴 수 있겠지. 그런데 세상에 오직 한 사람을 위해 집을 짓고 정원을 가꾼다면 욕망과는 다른 감정이지 않을까.

"우리 형도…… 그랬겠지?"

나는 콜라가 담긴 컵을 기울였다.

"진이는 가우디 안 했어."

순간 얌전히 넘어갔던 탄산이 목을 찔렀다. 쿨럭 기침이 터져 나오다 못해 눈물까지 고였다. 잠깐만, 이게 다 무슨 소리야. 형이 가우디를 안 했다니. 그럼 내가 본 정원과 하얀 벽돌집은 다 뭔데?

"이 녀석 오늘 왜 이래? 별 시답지 않은 걸 다 물어보고. 진이가 가우디 게임 안 한 게 그렇게 놀랄 일이야?"

나는 급하게 물을 마신 뒤 컵을 내려놓았다. 컵이 탁 소리를 내며 탁자를 때렸다.

"확실해? 우리 형이 가우디를 안 했다고?"

"했으면 애들하고 집들이도 하고 그랬겠지. 넌 안 하냐고 물어봤는데 별말 없었어."

별말이 없었을 뿐이다. 안 한다는 말은 하지 않았다. 이것으로 확실해졌다. 형이 가우디에 집을 짓고 정원을 꾸민 건, 오직 한 사람만을 위해서였다.

이 이상의 질문은 무의미하겠지. 하지만 나는 마지막으로 물었다.

"혹시 우리 형 메타버스에서 누구 만나거나 하지는 않았어? 왜 종종 그러잖아. 난달에서 놀다가 만난 애들이랑 친구도 되고 간혹 사귀기도 하고."

"그래, 오히려 지금보다 그때가 그런 일이 더 흔했지. 순진하고 사람을 잘 믿었으니까."

"맞지? 우리 형도 혹시 메타버스에서 누구 만나고 그랬어?"

나는 한 번 더 의자를 끌어당겼다. 그렇게 형과의 거리를 좁혔다. 이 녀석이 오늘따라 왜 이럴까 싶은 당황한 표정으로 수민 형이 미간을 찌푸렸다.

"내가 알기로는 없어. 사실 그때 우리 공부하느라 바빴거든."

진이 형이 가우디에 집을 꾸미고, 공유 친구까지 초대한 사실을 수민 형은 전혀 모르고 있었다.

"우리 형은 어떤 사람이었어?"

열심히 걷고 걸어 제자리로 돌아온 기분이었다. 형이 어떤 사람인지 알아야 JIN의 정원을 이해할 수 있을 것이고 곰솔과의 관계도 유추할 수 있지 않을까?

마치 형의 과거가 고여 있기라도 한 듯, 수민 형은 말없이 맥주잔을 내려다보았다.

"무던한 놈이었지. 바보처럼 착하기만 했어. 말도 안 되는 소문이 퍼져도 그러려니 하고 넘어갔으니까. 가만히 있지 말고 너도 좀 받아치라고 해도, 그냥 배시시 웃고 말더라. 가끔 무슨 생각하는지 속을 모르겠다가도, 이야기해 보면 자기 세계가 분명한 녀석이었어."

하얀 맥주 거품처럼 형의 두 눈에 오래전 어느 날이 부풀어 올랐다.

"중3 때였나? 친척 어른이 돌아가셔서 엄마 아빠가 서둘러 시골에 내려간 적이 있어. 그런데 낮부터 컨디션이 안 좋더라고. 어차피 지방에 내려가셨고 일찍 와야 새벽일 테니까 두 분한테는 말도 안 했지. 학교 끝나고 집에 갔는데 열이 나기 시작하는 거야. 온몸은 두들겨 맞은 것처럼 아프지, 이마는 펄펄 끓지, 도저히 정신을 차릴 수가 없더라고. 그날 밤 진이한테 전화가 왔는데, 몸이 좀 안 좋다 말하고는 그냥 끊었어. 한 시간이나 지났을까? 누가 벨을 눌러서 간신히 일어나 나갔더니 진이가 와 있더라. 죽이 든 냄비를 들고 종합 감기약까지 사 와서는, 죽이랑 약을 먹이더라. 목소리 들어 보니 아픈 것 같다면서 바로 달려온 거야.”

　진이 형이 무슨 목적으로 가우디에 집을 지었는지, 그곳에 누구를 초대했는지, 수민 형은 알지 못했다. 하지만 자신을 위해 늦은 밤 달려온 친구는 여전히 기억하고 있었다. 그 모습이 수민 형이 간직하고 있는 친구의 전부다. 그 추억을 들은 것만으로도 오늘의 만남이 유의미했다고 생각한다. 더 이상의 질문은 의미가 없다.

　수민 형과 헤어지고 나는 집으로 돌아왔다. 엘리베이터를 기다리다 그냥 계단으로 올라갔다. 형이 죽은 건 방학을 며칠 앞둔 겨울의 어느 날이었다. 사실 나는 그날의 기억이 전무했다. 고작 다섯 살이었으니까. 죽음이 뭔지 알 수 없는 나이였다. 그저 어린 동생을 많이 예뻐해 줬다는 엄마의 증언만 남아 있었다. 그 밖에 내가 아는 형은 없다. 기억이 없으니 추억도 없었다. 함께 나눈 시간이 사라졌으니 그리움 또한 불가능했다. 하지만 형을 모르는 건, 어쩌면 그 시간을 함께한 사람들도 마찬가지란 생각이 들었다.

"수민 형도 그 사람의 존재를 모르는구나."

계단을 밟아 올라가며 습관처럼 곰솔을 떠올렸다. 그게 누구인지, 형과는 어떤 관계인지 더는 중요치 않았다. 그저 형의 죽음을 알고 있는지, 모른다면 이제라도 알려 줘야 하는지가 문제였다.

"뭐야, 학교에서는 엄청 모범생이고 여자에게 관심 없는 척했던 거야? 형 되게 유치하다."

—모범생인 척했던 건 수민이야.

"못 믿겠어. 수민 형은 진짜 모범생이었을 거야. 누구처럼 뒤에서 음흉하게 일을 꾸미진 않았겠지."

—음흉? 너 지금 말 다 했어?

"그래, 다 했다. 그리고 똑똑히 알아 둬. 이제 형보다 내가 수민 형을 더 잘 알거든?"

—형, 형, 수민이 형. 손! 하면 손도 주겠다, 강아지처럼.

"질투해?"

—퍽이나.

아파트 현관 앞에서 나는 잠시 멈춰 섰다.

"곰솔이 다시 만나자고 했어. 그래도 될까? 곰솔은 내가 형인 줄 알고 있을 텐데."

─글쎄? 그건 곰솔에게 직접 물어봐야 하지 않을까?

정작 곰솔은 왜 물어보지 않을까? 그동안 어디 갔었느냐고, 지금 어디서 무얼 하느냐고, 먼저 물어봤으면 못 이기는 척 진실을 털어놓았을 텐데.

나는 도어 록을 열고 안으로 들어갔다. 벽에 달린 스위치를 누르자 거실에 하얗게 불빛이 쏟아져 내렸다. 부모님은 아직 돌아오지 않았다. 눈앞에 나란히 보이는 두 개의 방, 나는 그중 하나의 방문을 열었다.

방울뱀

"옛날 생물학자들 사이에서는 방울뱀이 쉽게 풀리지 않는 수수께끼였어. 대체 이 녀석은 어떻게 먹이를 찾을까 궁금했거든. 그래서 다양한 실험을 해 봤지. 제일 먼저 뱀의 눈을 가렸고, 다음에는 후각을 마비시켰어. 하지만 방울뱀은 정확히 쥐를 사냥했지. 녀석들이 먹이를 잡기 위해서는 시각도 후각도, 하물며 청각도 필요 없었어. 앞도 못 보고 냄새도 맡을 수 없고 소리조차 들리지 않는데 과연 어떻게 먹이를 찾아내 사냥할까? 생물학자들 사이에서도 방울뱀은 신비하지만 그만큼 골치 아픈 생명체였지. 그 뒤로 다양한 실험이 이어졌고 결국 학자들은 이 녀석의 대단한 비밀을 알아냈어. 바로 방울뱀이 먹이를 잡기 위해 제삼의 눈을 이용한다는 사실을 말이야. 방울뱀의 주둥이 위쪽에는 두 개의 구멍이 있는데 이게 바로 최첨단 열 감지기 노릇을 한다는 거야. 이 구멍이 얼마나 대단하냐 하면, 인간은 피부 1제곱센티미터당 열을 감지하는 온점이 세 개밖에 없는 반면에 방울뱀의 제삼의 눈에는 무려 십오만 개가 넘는 온점이 있어. 만약 우리가 생쥐라고 생각해 봐. 냄새도 풍기지 않고 완벽한 위장으로 나뭇잎 속에 숨어 숨소리조차 내지 않아. 그래도 방울뱀은 우리를 정확히 찾아낼 수 있어. 우리 몸에서 뿜어져 나오는 미세한 열을 완벽하게 감지할 수 있으니까. 어떻게 알았냐고? 『떡갈나무 바라보기』라는 책에서 읽었어. 정말 멋지지 않아? 나는 말이야 가끔 인간에게도 각자 특별한 제삼의 눈이 있다고 생각해. 남들은 감지할 수 없는, 아니면 크게 감흥 없는 무언가를 유독 강하게 느끼고 끌릴 때가 있잖아. 그것이 재능이나 적성이 될 수도 있고, 나만의 가치관이 될 수도 있고, 때로는 인연이나 사랑이 될 수도 있겠지. 모든 사람이 모든 것에 똑같이 반응한다면 세상이 되게 삭막할 것 같지 않아? 물론 보편적인 것들도 많겠지만, 그래서 세상에는 또 비밀이 생기는 모양이야. 내 온점에만 반응하는 무엇을 다른 이들은 결코 느낄 수 없을 테니까, 가끔은 전혀 이해할 수 없을 테니까 말이야."

인연과 사랑, 비밀과 반응 같은 말들이 멋쩍었는지 너는 배시시 웃었어. 그러고는 인간은 과연 자연의 몇 퍼센트나 알고 있을까? 혼잣말처럼 중얼거렸지. 같은 인간도 잘 모르는데 얼마나 알겠어? 나는 심드렁히 대답했어. 그리고 가만히 너를 바라보았지.

네가 처음 자리에서 일어나 교과서를 낭독하던 날, 아이들과 환하게 웃던 날, 내 가슴속 온점이 따뜻하게 반응했을까? 그래서 나도 모르게 고개가 돌아가고, 네 미소에 바보처럼 따라 웃게 되었을까? 아마 그랬는지도 모르겠다.

내가 네 앞을 가로막고 어리바리하게 말을 쏟아 낸 날, 그림 앞에서 한참을 서 있던 날, 네 팔을 잡아끌어 미술관 앞에서 어색하게 웃던 날, 나는 너의 가슴에 온점을 건드린 모양이야. 그래서 남들에게 보이지도 들리지도 않는 곳에서 우린 참 많은 이야기를 나눴지. 나는 현실의 선우진보다 아바타 JIN에 익숙했고, 너 역시 현실의 내가 아닌 곰솔 앞에서 더 많이 웃었어.

"내 이름은 할아버지가 지었대. 사실 내가 아기일 때 돌아가셔서 기억에도 없어. 엄마 고향이 바닷가거든 할머니 표현을 빌리자면 할아버지는 뼛속까지 뱃사람이었대. 바다에서 나고 자란 어부. 우리 엄마 고향 되게 멋진 곳이다? 개발 바람이 불어서 호텔이랑 리조트가 들어오긴 했지. 그래도 바다색이 정말 예뻐. 모래사장 뒤로는 소나무 숲도 울창하고. 그래서 내 이름을 이렇게 지었나 봐. 강해지라고, 태풍과 풍랑에도 꺾이지 말고 곧게 자라라고 말이야."

혹여 할아버지는 예견했을까. 내가 많이 휘청거릴 것을, 뿌리까지 뽑혀 나갈 정도로 큰 태풍을 만나리라는 사실을 말이야. 모르겠어. 내가 어떻게 그 시간을 견뎠는지, 여전히 견뎌 내고 있는지. 그런데 시간이 참 빨리 흐르더라. 급류에 휩쓸리듯 그렇게 정신없이 살아온 것 같아.

"다음 주에 달빛 공원에서 불꽃놀이한다는데, 우리 거기 갈래?"

"사람 엄청나게 올걸? 춥기는 또 얼마나 춥겠어. 춥고 정신없고, 불꽃놀이가 눈에 안 들어올 거야. 달빛 공원이면 멀지도 않아서 우리 학교 애들도 제법 올 텐데 그러다 괜한 소문 나면 골치 아파."

너는 잠시 생각에 잠기더니 이렇게 말했어.

"그럼 2층 테라스에서 불꽃놀이 볼까?"

"2층?"

"가우디에 이벤트 신청 열렸잖아. 불꽃놀이랑 레이저 쇼."

"그런 것도 있어?"

"얼마 전에 이벤트 상품으로 나왔다고 했어."

"와, 진짜? 그럼 나 캐시 충전할게."

"나도 다음 주에 용돈 받으면 할 수 있어."

"됐어. 그건 내가 보여 줄 거야. 나도 공유 친구니까 이벤트 신청할 수 있잖아."

너는 대답 대신 해맑게 미소 지었어. 너는 그즈음 유아용 블록 장난감에 빠져 있었지. 어린 동생이 가지고 놀기에 좋은 것, 안전한 것, 창의력을 키울 수 있는 것들을 찾느라 바빴어.

"야, 그래 봤자 그 꼬맹이도 금방 큰다. 봐라, 이제 얼굴에 수염도 나고 목소리도 걸걸해지고 입만 열면 욕설에 열몇 살 차이 나는 형은 동네 아저씨 보듯 귀찮아할 테니까."

네가 유아용 장난감에 대해 이러쿵저러쿵 떠들 때마다 J는 이렇게 말했지. 아무리 순한 너라도 그 말에는 사정없이 J의 목을 낚아채고 항복을 외칠 때까지 풀어 주지 않았어. 가우디에 집 짓고 정원 꾸미랴, 아들 같은 막둥이 장난감까지 선물하랴, 네가 캐시 충전할 여유가 어디 있겠어. J의 말처럼 네 어린 동생이 반항기 가득한 십 대가 되면, 우린 모두 성인이 되겠지. 그럼 그때에는 이층집에 화분을 들여놓기 위해 커피값을 아끼지 않아도 될까? 문득 그런 생각이 들었어. 그때까지 가우디가 존재할까? 너와 나는 여전히 이곳에서 만날 수 있을까, 궁금했지. 어쩌면 가상 현실이 아닌 진짜 세계에서 함께할 수 있을지도 몰라. 아니면 이 순간이 모두 추억이 되어 버릴지도 모르고.

나는 내 미래에 이 두 갈래 길만 존재한다고 믿었어. 너와 함께하거나, 아니면 자연스레 멀어지거나. 그 외에 다른 길이 있을 줄은 전혀 예견하지 못했지. 어떻게 그 엄청난 결말을 상상할 수 있겠어.

"아! 그런데 아쉽다. 진짜 불꽃놀이는 먹을 것도 챙겨 갈 수 있잖아. 갑자기 먹는 얘기 하니까 출출하네."

그 한마디는 산 위에서 굴린 작은 눈덩이였지. 구르고 굴러 커다란 눈덩이가 되어 결국 엄청난 눈사태를 일으킬 줄은 정말 몰랐어. 행복이 그러하듯 불행의 씨앗 역시 너무 작고 보잘것없으니까. 하지만 그것이 발아해 뿌리를 내리면, 폭풍우가 치는 바다처럼 한순간에 모든 것을 집어삼키게 돼.

"왜? 뭐 먹고 싶은 거 있어?"

네가 무심코 던진 이 질문처럼 말이야.

"엄마, 있잖아."

"응, 말해."

나는 혀끝으로 마른 입술을 축였다. 성적표를 보여 줄 때만큼 긴장된다는 말은…… 솔직히 거짓말이다. 부모님은 내 성적에 전혀 관여하지 않는다. 하루하루 건강히 자라는 것만으로도 다행으로 여기니까. 형의 부재로 인해 엄마는 한 가지를 깨달았다. 아들 앞에 어떤 수식어도 필요치 않다는 사실. 공부 잘하는, 똑똑한, 명문대에 다니는 따위의 말들은 엄마에게 부유하는 먼지만큼의 의미도 없다. 엄마에게 아들은 그냥 아들이면 된다. 그 탓에 내가 공부를 등한시한다면…… 그렇다. 나는 정말 구제 불능이며 진정 나쁜 놈이다.

"저기, 있잖아."

"뭐가 그렇게 있어. 하고 싶은 말 있으면 어서 해?"

"어, 그러니까…… 저기……."

수민 형도 모르는 걸 엄마가 알 리 없겠지. 내가 묻고 싶은 건, 가우디나 JIN의 정원 따위가 아니었다. 그곳에서 만난 곰솔은 더더욱. 나는 단지…….

"나 학교에서 정보 이용 동의서에 부모님 사인받아 오래."

방으로 들어가 종이 한 장을 가져왔다. 커피를 마시던 엄마가 흘낏 나를 올려다보았다.

"이거 사인받으려고 그렇게 뜸을 들였어?"

물론 아니다. 다만 묻고 싶었다. 형은 어떤 사람이었는지, 엄마가 기억하는 형은 어떤 아들이었는지. 지금까지 내가 먼저 형을 입에 올린 적은 없었다. 특별한 이유가 있는 건 아니었다. 그냥 그래야 할 것 같았다.

"왜? 더 할 말이 있어?"

그리고 나는 여전히 엄마에게 형에 대해 묻기가 어렵다.

"나 교복 넥타이 없어졌어."

"또? 너는 대체?"

엄마가 자리에서 솟구치듯 일어나 내 방문을 열어젖혔다.

"네 방에는 교복 넥타이만 잡아먹는 귀신이라도 산다니? 맨날 아무렇게나 훌렁훌렁 집어 던지니까 그렇지. 침대 밑이나 책상 틈새에 빠진 거 아니야? 잘 찾아봤어?"

너는 대체라니? 그럼 형은 절대 안 그랬다는 뜻일까?

열린 문틈으로 엄마의 새된 목소리가 흘러나왔다.

"이 녀석아, 넥타이 책상 밑에 있잖아."

엄마가 여봐란듯이 잔뜩 구겨진 넥타이를 흔들었다. 그 모습이 이리저리 뒤엉킨 내 생각 같았다. 누군가 저렇게 흔들어 이 잡념들을 머릿속에서 제발 털어 내 줬으면 좋겠다.

"아들, 엄마한테 더 할 말은 없어?"

내 손에 넥타이를 쥐여 주며 엄마가 말했다. 나는 흡 하고 숨을 들이마시고는 "없어." 짧게 내뱉었다. 그러고는 서둘러 방으로 들어갔다.

"형, 엄마가 뭐 눈치챈 건가?"

―그럼 네가 먼저 사실대로 말해.

내 말이 그 말이다. 제발 좀 알고 싶다. 형이 말하는 그 사실이란 게 대체 뭔지. 이 집에는 찾으면 찾을수록 보이지 않는 게 두 가지가 있는데 하나는 교복 넥타이고, 다른 하나는 베일에 싸인 형의 과거다. 나는 구겨진 넥타이를 탁탁 털어 교복 셔츠에 걸어 놓았다.

등교하는 학생들은 모두 좀비 떼 같지만, 월요일 아침은 더더욱 그렇다. 모든 에너지와 영혼은 날려 버리고 빈 껍데기만 남은 모습들이니까.

"무슨 소리를 하고 싶은 거야?"

나는 대답 대신 잠시 관자놀이를 긁적였다.

"너는 사람들에게 너를 얼마만큼 보여 주냐고?"

사실 내가 말해 놓고도 잘 모르겠다. 사람들에게 얼마만큼 보여 준다니? 그런데 딱히 다른 표현이 떠오르지 않았다.

"얼마만큼 솔직하냔 뜻이야?"

콩떡같이 말해도 찰떡같이 알아듣는구나. 나는 반가운 마음에 크게 고개를 주억거렸다. 도운이 눈을 들어 허공을 바라보더니 혼잣말처럼 중얼거렸다.

"상대에게 백 퍼센트 솔직한 사람이 세상에 있을까?"

가장 정확한 대답이다. 아무리 가까운 사이라도 전부를 보여 주는 건 불가능하다. 가족에게조차 비밀이 많다. 예를 들어 청소년 관람 제한 영화를 봤거나, 아빠 몰래 담금주를 마셨거나, 호기심에 건물 뒤에서 담배를 피워 봤거나. 나의 경우엔 형 방에 들어가 허락도 없이 판도라의 상자를 열고, 엄마 몰래 외장 하드 자료들로 형을 불러낸 것.

"그런 너는 타인에게 얼마나 솔직한데?"

도운이 되물었다. 갈 곳 잃은 시선이 발밑으로 떨어졌다. 일부러 속인 건 아니지만, 어쩌다 보니 형 이야기는 징검다리 넘듯 홀쩍 건너뛰어 버렸다. 지금껏 누구에게도 말한 적이 없었다. 가장 가깝다고 생각하는 친구에게까지 비밀이 되어 버렸다.

"글쎄?"

"비밀은 그림자 같은 게 아닐까? 세상에 그림자가 없는 사람은 없잖아. 오히려 빛이 밝을수록 그늘도 선명하고, 해가 어느 위치에 있느냐에 따라 길어졌다 짧아졌다 하잖아. 비밀도 때에 따라서는 많아졌다 적어졌다, 심각해졌다 가벼워졌다 하겠지."

"그림자?"

도운이 어깨를 으쓱하고는 말을 이었다.

"그림자라고 해서 다 나쁜 것도 아니야. 어렸을 때 했던 그림자 놀이를 떠올려 봐. 세상에 모든 비밀이 나쁘기만 하겠냐?"

나는 고개 돌려 녀석을 바라보았다. 피싱랜드에서 낚시만 하는 줄 알았는데, 이런저런 생각도 많이 낚은 모양이었다.

"나쁘지 않은 비밀이라."

"비밀과 거짓은 좀 다르잖아. 말하기 싫은 것과 남을 속이는 건 엄연히 구분해야 해."

형의 비밀은 어떤 그림자였을까? 적어도 음산하진 않았겠지? 벽에 손가락으로 각종 동물을 만들어 내듯 재미있고 즐거운 비밀이었을까. 십이 년 만에 나타난 아바타를 보고도 태연히 인사한 곰솔은 왜 JIN에 관해서는 아무것도 묻지 않을까.

"갑자기 그건 왜 물어?"

도운이 손가락으로 쿡 옆구리를 찔렀다.

"만약에 누군가가 너에게 나를 묻는다면……."

"너? 선우혁?"

뭐, 응, 그렇지, 싶은 모호한 표정을 지었다. 녀석의 시선이 허공으로 돌아갔다.

"누군가가 선우혁이 어떤 친구였냐 물으면 뭐라 답해 줄지, 그걸 묻는 거야?"

참 정리 하나는 기가 막히게 잘한다.

"뭘 뭐라 해. 내가 아는 것들만 얘기하겠지. 그 이상 뭐가 있겠냐. 왜? 너 주말에 대형 사고 쳤냐? 무슨 일 저질렀어? 혹시 형사나 경찰이 와서 내 앞에 네 사진 막 보여 주는 거냐? 선우혁이랑 친하다면서 이 새끼 지금 어디 있어? 이런 질문이라도 받는 거야?"

"미친놈아, 아예 영화 한 편을 찍어라."

한심하다는 듯 혀를 찼지만, 녀석은 제법 그럴싸한 정답을 들려주었다. 도운은 자신이 경험한 내 모습만 알고 있단 뜻이다. 그런데 이렇게 해석하는 게 맞는 건가?

점심시간에 농구할 녀석들은 종이 울리기 무섭게 급식실로 튀어 나갔다. 요즘은 어째 입맛도 떨어졌다. 그렇다고 점심을 건너뛸 생각은 없다. 배 속에 뭐라도 집어넣어야 오후 수업을 들을 수 있을 테니까. 나는 끙 소리를 내며 자리를 털고 일어났다. 터덜터덜 복도를 걷는데 열린 뒷문으로 3반이 보였다. 아무도 없는 교실에 혼자 앉아 있는 녀석은 내가 익히 알고 있는 바로 그 얼굴이다.

"너 급식 안 먹어? 왜 거기서 멀뚱히 있어?"

도깨비바늘이 제 친구들은 어디다 내버려 두고 혼자 빈 교실에 있을까?

"너도 오늘 메뉴 별로야? 그래도 어쩌겠냐? 주는 대로 먹어야지."

나는 고개를 까딱해 따라오라는 신호를 보냈다. 녀석이 힘겹게 자리를 털어 냈다.

"무슨 일 있어?"

툭 옆구리를 찔렀다.

"뭐야?"

"아니야. 가자."

도운이 성큼성큼 복도를 걸어갔다. 선생님에게 한 소리라도 들었나? 고작 그런 이유로 저렇게 기운 없을 녀석이 아닌데.

"같이 가, 인마."

나는 뛰어가 도운의 어깨에 팔을 둘렀다.

내가 물었던 '뭐야'의 정체는 급식실에서 알게 되었다. 도운이 나타나자 3반 녀석들이 휘파람을 불고, 여자아이들이 머리를 맞댄 채 나직이 수군거렸다.

그 모습을 둘러보는 녀석의 표정이 눈에 띄게 굳어졌다.

공기가 심상치 않았다. 그야말로 '뭔가' 있는데 그게 무엇인지는 조금 더 지켜봐야 할 듯했다. 나는 자리에 앉아 조용히 밥을 먹었다. 물어봐도 대답해 줄 것 같지 않으니까. 무슨 상황인지 알기 위해서는 차라리 애들의 반응을 살피는 편이 빠를 것이다.

그 순간 드르륵 몇 개의 의자가 뒤로 밀리는 소리가 들리더니, 식판을 든 녀석들이 우리 테이블 앞에 멈춰 섰다.

"어이, 케르베로스! 맛있게 먹어라. 너는 한 번에 3인분은 먹어야겠다."

"인분? 그건 케르베로스가 먹는 게 아닌데."

"인마, 밥 먹는데 인분이 뭐냐, 인분이? 응? 밥맛 떨어지게."

히죽거리는 얼굴들을 보며 나는 먹던 숟가락을 소리 나게 내려놓았다. 안 그래도 젓가락 갈 곳이 없어 심란한데, 아예 밥을 못 먹게 만들었다.

"지금 너희들 뭐하냐?"

"아니, 밥 맛있게 먹으라고."

한 녀석이 도운의 머리를 헝클어뜨리고는 유유히 사라졌다. 키득거리는 비웃음과 고소하다는 표정, 경멸 섞인 눈빛이 사방에서 날아들었다. 젓가락을 쥐고 있는 도운의 손이 떨렸다.

세상이 어떤 규율로 돌아가든, 학교에는 이곳만의 법칙이 있다. 그것들은 때로 보이지 않는 태풍이 되어 하루아침에 모든 걸 뒤엎어 버린다. 도운은 지금 태풍의 한가운데에 서 있다.

"케르베로스가 뭐야?"

녀석들이 말한 케르베로스가 머리 셋 달린 지옥의 파수견을 뜻하진 않을 것이다. 그들만의 특별한 의미가 있을 테고, 나는 그 이기죽거림을 묻는 거다.

"아니야. 그냥 애들이 장난친 거야."

"장난? 그래서 너는 밀가루 뒤집어쓴 것처럼 하얗게 질렸냐? 고작 애들 장난 때문에?"

도운이 힘없이 고개를 숙였다. 불안한 시선이 바닥으로 떨어졌다.

"말하기 싫어? 그럼 내가 그 자식들한테 직접 물어볼까?"

"그런 게 아니야."

"그 아닌 게 뭔지 말하라고."

누구하고도 잘 지내는 도운이었다. 성격 좋고 남에게 아쉬운 소리를 한 적도 없었다. 그 무던한 녀석이 한순간 아이들의 표적이 되었다. 무던함을 만만함으로 보는 덜떨어진 놈들이 있단 뜻일까?

"입맛 다 떨어졌어. 나와."

나는 식판을 들고 자리에서 일어났다. 등 뒤에서 의자 끌리는 소리가 들렸다.

도운이 의자에 앉아 두 팔을 허벅지 위에 늘어뜨렸다.

"나는 절대 그런 의미가 아니었는데……."

봄의 은행잎은 짙은 초록으로 반짝였다. 수채화 물감을 풀어 놓은 듯 연푸른 하늘에 생크림 같은 구름이 떠다녔다. 높은 담장 안으로 차들의 경적이 날아들고, 농구 골대 밑에서 욕설과 웃음이 함께 튀어 올랐다. 농구공이 림을 통과하는 소리가 운동장을 울렸다. 평화롭고 나른하며 한가로운 점심시간이었다. 저절로 기분 좋아지는 날인데 나는 도운에게 와락 짜증을 토해 냈다.

"그렇게 부담되면 받지 말았어야지."

"고맙다고 주는데 어떻게 안 받아? 꼭 다 먹으라고 신신당부까지 했단 말이야."

그래서 소가 풀 뜯어 먹듯 비스킷을 씹어 삼켰구나.

"그래, 비스킷은 어쩔 수 없이 먹었다 치자. 그럼 거기서 끝내야지. 초콜릿은 왜 줘?"

"말했잖아. 부담됐다고. 그저 그런 과자였으면 나도 그냥 넘어갔어. 근데 알고 보니 되게 비싼 거더라. 그래서 줬어. 마침 밸런타인데이도 끝나서 초콜릿을 세일하잖아. 걔는 그렇게 비싼 거 줬는데, 나는 딸랑 막대 사탕 하나 주냐?"

"야, 그걸 말이라고……."

나는 반쯤 입을 벌린 채 머리를 쓸어넘겼다. 대체 어디서부터 일이 꼬였는지 알 수 없었다. 고작 수학 문제 하나 풀어 준 답례로 비싼 비스킷을 선물한 주희라는 애의 탓인지, 그게 부담되어 엉뚱한 초콜릿을 선물한 이 답답한 놈이 잘못인지. 내 말은 찰떡처럼 알아듣는 녀석이, 왜 빤히 보이는 상황은 눈치채지 못할까. 아무리 생각해도 이 녀석은 물고기 밥으로 제 눈치를 줘 버렸다.

"내가 뭘 잘못했는지 정말 모르겠어."

하나하나 따져 보면 도운이 잘못한 건 없다. 상대의 과한 친절이 부담스러워 비슷한 친절을 보여 주었을 뿐이다. 굳이 잘못을 따지자면 상대의 속뜻을 눈치채지 못한 아둔함 정도랄까. 그랬으니, 2학년 교실을 기웃거렸을 때 주희의 싸늘한 반응을 이해할 수 없었겠지. 아이들 사이에서 자신이 어떻게 평가됐는지 짐작조차 못 했겠지. 녀석은 단 며칠 만에 이 여자 저 여자에게 껄떡대는, 머리 셋 달린 지옥의 개가 되어 버렸다.

"이 답답아. 모르긴 뭘 몰라? 걔는 처음부터 너한테 호감이 있었던 거잖아. 수학 문제는 핑계에 불과했다고. 그냥 너한테 마음을 보여 주려던 것뿐이야. 그걸 너는⋯⋯."

"나는 정말 몰랐단 말이야. 초콜릿 주면서도 주희에게 분명히 말했어. 네가 준 비스킷 잘 먹었고 그게 살짝 부담돼서 주는 거라고 똑바로 말했다고."

도운이 억울한 듯 아랫입술을 깨물었다.

"그냥 모두에게 친절하면 되는 줄 알았어. 그럼 되는 줄 알았다고⋯⋯."

녀석의 목소리가 힘없이 풀어졌다.

"혁아, 나는⋯⋯ 나는 정말 어렵다."

점심시간 끝을 알리는 예비종이 울렸다. 그 소리에 놀란 비둘기가 요란하게 날아올랐다. 삼삼오오 모여 있던 아이들이 자리를 털고 일어났다. 고작 두어 숟가락 먹은 게 전부인데 음식이 얹힌 듯 가슴이 답답했다. 속에서 신물이 올라왔다. 도운의 말을 부정할 수 없었다. 나 역시 주위의 모든 것이 어렵기만 했다.

"부담스럽다는 사람에게 억지로 선물 안겨 준 게 누군데, 이제 와서 무슨 추태냐고? 아니, 그 자식들도 그래. 그렇게 궁금하면 두 사람 모두에게 앞뒤 상황을 정확히 물어보든가. 왜 한 사람 말만 믿고 말도 안 되는 소문을 퍼뜨리느냐고? 중세 유럽도 아니고 툭하면 심심풀이로 하는 마녀사냥 정말 지긋지긋하다."

세면대에서 손을 씻으며 중얼거렸다. 영화나 드라마를 보면 이럴 때 꼭 화장실 안에서 엿듣는 애들이 있던데. 제발 좀 들어라 싶은 마음에 부러 큰 소리로 떠들었다.

—네가 할 말은 아닌 것 같은데. 마녀사냥에 가장 앞장선 사람이 누구더라?

핸드폰은 모두 수거해 갔는데도 또다시 형의 환청이 들려오는 것 같았다.

"무슨 말도 안 되는 소리야? 내가 언제?"

—네 친구한테 제일 먼저 썸이니 사귀니 쫑알거린 건 혁이 너였어. 아무리 아니라 해도 먼저 넘겨짚고 놀렸잖아. 그런 네가 화

낼 일은 아니라 생각하는데? 내 말이 틀렸어?

"나야 별 뜻 없이……."

─그 애들은 대단히 특별한 뜻이 있었을까?

보이지 않는 손이 어깨를 짓눌렀다. 온몸에 힘이 빠져 그대로 주저앉고 싶었다. 나는 세면대 물을 잠그고 뒤돌아 화장실을 나왔다.

'그런 거 아니라니까.'

처음부터 녀석은 부정했다. 그런 관계도 감정도 아니라며 명백하게 선을 그었다. 물론 누구라도 오해하기 딱 좋은 상황이긴 했다. 하지만 어디까지나 제삼자의 추측에 불과했고 당사자는 절대 아니라고 말했다. 몇 번이고 누누이.

'뭘 뭐라 해. 내가 아는 것들만 얘기하겠지. 그 이상 뭐가 있겠냐.'

문제는 내가 보는 상대의 일면만이 진실이고 전부라 믿는다는 것이다. 그 결과 제멋대로 오해하고 혼자서 상처받는 아이가 생겨 버렸다. 남은 사람은 이유도 모른 채 한순간 괴물이 되었다. 도운을 그렇게 만든 사람 중에는 분명 나도 포함된다.

─화 억지로 참으면 병 된다.

형의 환청인지 내 양심인지 모를 소리가 윙윙 귓가를 울렸다.

"그렇겠지? 너무 참기만 해도 안 되겠지?"

나는 교실로 돌아가 자리에 앉았다. 5교시가 시작되고 선생님이 문을 열어젖혔다. 늘 그렇지만, 오늘따라 더욱 수업이 귀에 들어올 것 같지 않았다.

"오늘 집중해라. 중요한 곳 나갈 테니까."

그렇게 말해 봤자 소용없다. 잘하는 녀석들은 수업 시간에 알아서 집중한다. 아닌 녀석들은 머릿속에 다른 생각으로 꽉 차 있다. 오늘 저녁은 뭘 먹고 난에서 무엇을 할까 고민하고……. 다시 메타버스를 떠올리자 저절로 한숨이 나왔다. 현실이나 가상 세계나 온통 사람 마음 뒤숭숭하게 만드는 일뿐이다.

얼마나 잘근거렸는지 펜 끝이 죄다 뭉개져 버렸다. 혼자서 엉뚱한 생각에 빠져 있는 동안 수업이 모두 끝났다. 나는 교실에서 나와 복도를 걸었다. 두 다리가 멈춘 곳은 불 꺼진 미술실 앞이었다. 문을 열기 무섭게 선반 위 석고상이 보였다. 잔뜩 인상을 쓴 얼굴이 지금 내 기분과 똑 닮은 표정이다. 아그리파라고 했던가? 엄청 유명한 신전을 만들었다던데. 그래서 저렇게 컨디션 안 좋은 얼굴을 하고 있나 보다. 하얀 석고상 위의 벽에는 소나무를 조각한 청동 부조 작품이 걸려 있었다. 구석에는 이젤들이 기대서 있었고, 미술실 특유의 냄새가 고여 있었다. 이 시간에 텅 빈 미술실에 올 사람은 없었다. 그럼에도 문을 연 이유는 누군가를 만나기 위해서다. 확률은 반반 아니면 6 대 4? 어쩌면 8 대 2인지도 모르겠다. 주희가 이곳에 안 올 확률이 6과 8, 4와 2는 그 반대의 경우다. 미술실에 주희가 나타날 가능성은 지극히 낮다.

미술실에서 잠깐 보자는 말에 주희는 침묵했다. 3반 교실에 도운은 없었다. 한 번이라도 마녀사냥을 당해 본 아이들은 안다. 쉬는 시간, 그 짧은 순간에 얼마나 많은 일이 일어나는지를……. 종이 울리기 무섭게 녀석은 교실에서 사라졌다.

"와도 문제, 안 와도 문제네."

나는 발끝으로 톡톡 의자를 건드렸다. 과연 오면 뭐라고 할 것인가? 자문해 보지만 뾰족한 대답이 없었다.

그렇다고 마냥 손 놓고 있을 수는 없었다. 이것이 맞는 방법인지도 확신하지 못하겠다. 그러나 뭔가 액션은 취해야 했다. 가능하면 한 가지는 전해 주고 싶었다. 녀석이 혼자가 아니라는 것을, 이 이상 괜한 말을 퍼뜨리면 이쪽에서도 가만있지 않겠다는 약간의 경고 말이다.

"아! 진짜 내 문제만으로도 복잡해 죽겠는데. 그 자식은 또 왜……."

그 순간 드르륵 미술실 문이 열렸다. 나는 책상에 비스듬히 기댄 몸을 일으켰다. 긴 머리를 하나로 묶은 주희가 안으로 들어섰다.

"무슨 일로 나를 불렀어?"

나는 굳은 표정을 지우고 환한 미소를 보였다. 그 즉시 주희의 얼굴에 물음표가 떠올랐다. 뭐지, 이 미친놈은? 싶은 표정이다.

"너 뭐냐? 왜 불렀냐니까?"

"그냥."

주희 입에서 피식 소리가 터져 나왔다. 누가 들어도 어이없다는 듯한 웃음이다.

"여긴 왜 왔냐?"

이번엔 내가 물었다.

"네가 불렀잖아."

주희가 황당한 표정으로 답했다. 나는 그렇지 싶은 얼굴로 고개를 끄덕였다.

"너는 남이 부르면 다 오케이야?"

"뭐?"

"너 내가 누군지 알지?"

물론 모르지 않겠지. 2학년 교실을 다녀온 날, 도운이 옆에 서 있었으니까. 나를 아래위로 참 야무지게 훑어 내렸지, 아마?

"강도운이 시켰니? 자기 대신 나 좀 혼내 주라고?"

"그런 식으로 말하는 것 보니까 혼날 일을 한 모양이네."

"사람 마음 가지고 장난친 건 개야."

주희의 두 눈에 분노가 차올랐다. 그 덕분에 정확히 알 수 있었다. 도운을 향한 마음이 거짓은 아니었다는 사실을. 그렇기에 더더욱 그 어리바리한 녀석에게 그러면 안 되는 것이다.

"나는 그 녀석이랑 상관없이 너 부른 건데? 내가 개인적으로 너를 보고 싶었거든."

주희가 의심 가득한 눈빛으로 미간을 구겼다.

"나 어때?"

"야!"

"왜, 싫어?"

"됐다."

더는 들을 말 없다는 듯 주희가 빠르게 돌아섰다.

"너 오늘 나랑 단둘이 미술실에 있었어."

문으로 향하던 걸음이 주춤 멈춰 섰다. 주희가 천천히 뒤를 돌아보았다.

"너 미쳤구나?"

그렇게 콕 찍어 말해 주지 않아도 된다. 내 상태는 충분히 알고 있으니까.

"너는 마음에도 없는 애랑 단둘이 만나?"

"……."

"너 사람 마음 가지고 장난치는 거야, 지금."

그 한마디에 주희가 질렸다는 듯 고개를 내저었다.

"너희들 정말 유치하구나? 고작 이런 식으로 치졸하게……."

"치졸? 그 비스킷 도운이가 받기 싫다고 거절했지. 부담스럽다고 온몸으로 말하는 애한테 억지로 떠넘긴 게 누군데?"

"그러는 걔는……."

"초콜릿? 그거 말하고 싶은 거지? 도운이가 너한테 초콜릿 주면서 뭐라고 했어. 너무 비싼 비스킷 받아서 부담된다고 미안하다고, 그러면서 줬잖아."

178

아니야? 되묻는 눈빛에 주희가 아랫입술을 잘근거렸다.

"네가 이 미술실을 나가는 즉시, 아이들에게 떠벌려도 될까? 나는 너를 미술실에 불러냈고, 너는 나를 찾아왔으며 우리 둘은 오늘 미술실에서……."

나는 가볍게 어깨를 으쓱해 보였다.

"단둘이 있었다고."

"웃기고 있네. 그 말을 믿을 것 같아?"

주희의 얼굴에 쓴웃음이 지나갔다. 나는 한 걸음 가까이 다가갔다.

"너도 학교 다녀 봐서 알잖아."

"……."

"다들 자기가 보고 싶은 것만 보고, 듣고 싶은 것만 듣는 거. 네가 아무리 아니라고 해 봤자, 나는 애들에게 두 가지만 말하면 돼. 첫째."

나는 허공에 손가락 하나를 펼쳐 들어 보였다.

"너를 어떻게 생각하는지 나의 일방적인 감정과."

또 하나의 손가락이 고개를 들었다.

"너와 내가 단둘이 미술실에 있었다는 사실."

사람들은 점점 더 자극적인 소식에 토끼처럼 귀를 세웠다. 얼마나 많은 이들이 흥미를 보이느냐가 관건이었다. 이 과정에서 참과 거짓은 크게 중요치 않았다. 내가 알고 있는 게 진실이라 믿으면 그만이니까. 허상은 비단 가상 세계에만 있는 게 아니다.

"너 정말 쓰레기구나."

아마도, 심드렁한 표정으로 나는 가볍게 어깨를 들썩였다.

"누구한테 속성으로 아주 잘 배웠거든. 진짜 중요한 얘기는 쏙 빼놓고, 하고 싶은 말만 골라 하는 것 말이야. 그걸 또 아이들은 아주 쉽게 믿어. 제각각 살까지 덧붙여서 판을 키우지. 덕분에 한 사람을 완전히 인간쓰레기로 만드는 데 단 몇 시간이면 충분하더라. 좋은 거 알려 줘서 아주 고맙네."

"네 마음대로 해."

싸늘한 시선을 남긴 채 주희가 돌아섰다.

"너도 속상하잖아. 일이 이렇게까지 번질 줄은 몰랐겠지."

문으로 향하던 손이 허공을 붙잡았다.

"네 마음은 진심이라는 것도 알아. 그 무디고 멍청한 녀석이 잘 몰랐던 것도 사실이야."

"……."

"도운이가 그러더라, 너무 어렵다고."

"……."

"너도 그렇지?"

서운하고 괴로웠을 것이다. 자존심 상하고 배신감도 느꼈겠지. 나는 이렇게 아픈데 친구들과 웃고 떠드는 녀석이 적잖이 얄미웠으리라. 홧김에 속마음을 토해 냈고, 정신을 차렸을 땐 생각보다 멀리 와 있었다. 되돌리기엔 너무 늦어 버렸다.

비록 나쁜 마음은 아니라 해도, 주희는 명백한 실수를 저질렀다. 상대의 마음을 멋대로 해석하고 단정 짓는 일이 얼마나 큰 폭력이 되는지. 그 사실을 주희는, 그리고 나는 오늘에서야 알게 되었다. 그건 분명 상대가 아닌 나에게 가장 큰 아픔을 주는 일이다.

주희가 미술실 밖으로 사라졌다. 나는 그제야 참았던 숨을 토해냈다.

"아 씨! 나 또 사고 친 건가? 가만히 있을 걸 또 괜히 긁어 부스럼인가?"

하지만 너무 늦었다. 이미 야무지게 긁을 대로 긁어 버렸다. 인간은 왜 뒤늦게야 실수를 깨닫게 될까? 물론 그렇기에 후회라는 단어가 탄생했겠지만……

나는 핸드폰을 꺼내 메시지를 입력했다.

- 낚시하기 좋은 날씨다. 이따 보자.

답장은 오지 않았다. 주머니에 손을 찔러 넣고 미술실을 빠져나왔다.

조용한 호숫가에 도운이 앉아 있었다. 그 모습이 마치 미술실 석고상 같았다.

"네 말대로 참 어렵더라."

인간의 마음은 볼 수도 없고, 얼굴에 드러나는 표정이 전부도 아니다. 같은 세대, 비슷한 환경에서 산다 해도, 모두의 생각과 마음은 다르다. 그래서 오해가 쌓이고 미움과 다툼이 생기는 거겠지.

"나 왕따였다."

도운이 가볍게 말했다. 호수에 돌을 던지듯, 그렇게 둥근 파장이 밀려와 가슴을 건드렸다.

"초등학교 때 왕따당해서 여기로 전학 온 거야."

나는 바보처럼 두 눈만 끔뻑거렸다. 원하는 가상 세계에 접속하듯, 현실에서도 다들 자신만의 세계 속에 사는구나. 같은 환경에서 비슷한 삶을 살아간다 믿었다. 그런데 도운과 나는 전혀 다른 세상을 살고 있었다.

"어렸을 땐 많이 소심했어. 말도 없었고 되게 조용했거든. 발표하기 싫어하고, 소리 내서 책 읽으라고 하면 아는 단어도 버벅거렸어. 자연스레 목소리도 떨렸고. 저학년 때는 그럭저럭 지냈는데 고학년이 된 후부터는 만만하고 약해 보여서 표적이 된 것 같아. 말수도 적은 데다 어리바리하니까."

찌가 움직였다. 허공에 물고기가 걸렸다는 메시지가 반짝였다. 고기를 낚으라는 신호였다. 하지만 녀석은 전혀 신경 쓰지 않았다.

"조용하고 말수가 적은 게 왜 문제가 되는지. 어린 마음에도 이해하지 못했어. 어쨌든 내가 잘못이구나, 아이들 말처럼 내가 진짜 찐딴가 보다, 뭐 그런 생각은 들었던 것 같아. 한 번은 짝이 젤리를 하나 주더라. 나에게 이걸 왜 줄까? 놀라서 멀뚱히 쳐다만 봤는데 너는 고맙다는 말도 못 하느냐고 버럭 화를 내잖아. 나를 놀리려고 미끼를 던진 거지. 나는 멍청하게 또 그 미끼를 덥석 물었고. 그런 일이 하나둘 반복되다 보니 결국 부모님도 알게 됐어. 때마침 엄마 이직 문제도 겹쳐서, 겸사겸사 여기로 온 거야."

도운은 친구들과 잘 어울리고 둥글둥글한 성격이었다. 원래부터 그런 녀석이라 믿었다. 처음 보는 애들에게도 스스럼없이 먼저 다가갔으니까. 주위에 늘 친구들이 북적이는 아이였다.

"내 나름대로 필사적이었던 것 같아. 또 어리바리하게 보이면 안 되잖아. 그래서 최대한 밝고 활달한 척, 아이들에게 먼저 다가가서 말 걸고 엄청 외향적인 척했지. 안 그러면 또 애들에게 바보 취급당하고 괜히 표적이 될까 봐. 피나게 노력했다. 처음에는 힘들었는데 또 하루 이틀 하다 보니, 좋은 친구들도 만나고 나쁘지 않더라."

도운이 싱긋이 웃었다. 녀석이 말한 좋은 친구 중에 과연 나도 포함되었을까? 그건 애초에 내가 대답할 수 있는 질문이 아니었다.

"그렇게 친구들이랑 왁자지껄 어울리다 보면……."

녀석이 짧은 한숨을 내쉬었다.

"사실 심리적으로 지칠 때가 있어. 그럴 땐 이렇게 조용히 혼자만의 시간이 필요해."

"……."

"그거 알아? 인간도 방전되는 거. 그때는 꼭 충전해 줘야 한다?"

도운에게 피싱랜드는 숨 고르기를 할 수 있는 유일한 장소였다. 그런 줄도 모르고 재미없는 취미라 생각했다. 따분하고 고리타분하다며 괜한 핀잔만 늘어놓았다.

　"혁아, 나는 사람과의 관계가 어렵기도 하지만……."

　녀석의 시선이 호수로 향했다. 한참을 그렇게 수면 위를 어루만졌다.

　"여전히 두렵기도 해."

　성격 좋은 녀석이라 생각했다. 누구와도 금방 친해졌으니까. 여기저기 잘 들러붙어 진짜 도깨비바늘이라 믿었다. 그런데 그런 하루를 만들기 위해 도운은 날마다 분투했다. 혼자서 수많은 노력을 했다.

　"몰랐어. 나는 정말……."

　얼마나 놀랐을까? 아이들이 괜스레 이죽거릴 때, 얼마나 두렵고 무서웠을까. 그래서 그토록 하얗게 질려 갔구나. 손까지 떨며 당황했구나. 그런 녀석에게 왜 마음에도 없는 초콜릿은 주었냐고 윽박지르고 짜증 낸 사람이 바로 나였다. 그럴 수밖에 없었다는 걸, 이번에는 정말 미끼에 걸리지 않겠다며 필사적이었다는 사실을 전혀 눈치채지 못했다.

　"어떻게 알겠어. 내가 말을 안 했는데. 내색한 적 없잖아. 모르는 게 당연해."

　"……."

"그래서 사람 사이에 관계는 늘 어렵고 또 두려운 거야."

찌가 움직였다. 도운이 낚싯대를 들어 올렸다. 허공에 파란 물고기가 파닥였다.

"오늘 입질이 좋네."

녀석의 얼굴에 물고기를 닮은 푸른 미소가 지나갔다.

겨울밤

'내가 피싱랜드에 처음 초대했을 때 너는 무슨 낚시냐며 툴툴 거리면서도 내 옆에 있어 줬잖아. 그게 좋았어. 지루하다고 금방 나갈 줄 알았거든. 그 순간 어쩐지 너에게는 나의 이런 모습을 보여 줘도 되지 않을까 싶은 생각이 들었어.'

나 역시 마찬가지였다. 적어도 도운에게만큼은 형 이야기를 해도 되지 않을까? 아니, 해야 하지 않을까 생각했다. 녀석이 내게 형이 있었다는 사실을 모르듯, 나도 도운에게 그런 아픔이 있었는지 전혀 눈치채지 못했다. 모든 것을 공유할 만큼 절친한 사이라고는 믿지 않았지만, 적어도 가까운 사이라 자부했다. 그런데도 내가 알고 있는 건 도운의 한 부분이었다. 물론 그건 녀석도 다르지 않았다.

'너무 애쓰지 마. 나는 너의 이런 모습이 더 좋으니까.'

괜한 소리는 아니었다. 친구들과 와자지껄하게 어울리는 도운도 좋지만, 혼자만의 시간을 편안히 즐기는 녀석도 내게는 익숙했다.

'나만 그런 거 아니잖아. 사람들은 모두 애쓰면서 사는 것 같아.'

그 말이 정답이다. 다들 애쓰면서 산다. 슬픔과 아픔을 감추고, 괜찮은 척, 밝은 척하며 사는 게 인간이다. 내가 처음 고등학교 교복을 입은 날, 활짝 웃는 얼굴에 눈물이 차올랐던 엄마처럼. 아들에게까지 아픔을 숨기려 어색하게 웃던 아빠처럼 말이다.

녀석은 어릴 적 겪은 아픔이 떠올라 잠시 어찌할 바를 몰랐다. 하지만, 그 사이 도운은 많이 성장했다. 오해는 머지않아 풀릴 거고, 유쾌하지 않은 장난도 끝날 거라며 여유 있게 웃었다.

외향적이든 내향적이든, 대범하든 그렇지 못하든, 사람들은 각자의 방식으로 문제를 해결한다. 그 과정에서 무엇이 좋고 나쁘다고는 할 수 없다. 세상에는 수많은 성격과 가치관이 존재하니까. 딱 하나의 해결책만 있는 건 아니다. 도운은 자신만의 방식으로 이 문제를 풀어 갈 것이다. 그러니 내가 굳이 비스킷의 주인을 만났다는 말은 할 필요가 없겠지. 이것으로 나는 녀석에게 또 하나의 비밀이 생겨 버렸다. 뭐, 사는 게 다 그런 것 아닐까?

나는 교감실 앞에서 깊게 심호흡했다. 또 선생님 호출이냐 묻는다면 절대 아니다. 오늘은 내 발로 직접 찾아왔다. 똑똑 노크하자 들어오라는 소리가 흘러나왔다. 나는 조심스레 문손잡이를 돌렸다.

놀란 표정은 이내 미소로 바뀌었다. 교감 선생님이 책상에서 몸을 일으켰다. 언제든지 찾아오라 했지만, 점심시간에 약속도 없이 교감실 문을 여는 학생은 없었을 것이다. 불과 한 달 전만 해도 상상하지 못했다. 그 이상한 짓을 하는 학생이 바로 내가 될 거라고는……

"오늘은 혁이가 먼저 찾아왔네요. 무슨 일이실까?"

처음에는 단순한 호기심이었다. 그렇게 형의 세상을 엿보았고 결국 알게 되었다. 그곳에 아직 끝나지 않은, 여전히 시간이 흐르는 세계가 있다는 사실을……

그곳에 남아 있는 이는 과연 누구일까? 왜 여전히 주인 없는 정원을 지키고 있을까? 물어봐야 했는데 그만 기회를 놓치고 말았다. 그사이 나는 줄곧 형을 떠올렸다. 내 머릿속에 작은 기억조차 남기지 않고 사라진 존재가 문득 궁금해졌다. 어떤 사람이었을까? 무엇을, 그리고 누구를 좋아했을까? 도운의 말처럼 누군가를 백 퍼센트 안다는 건 불가능하다. 낳아 키운 부모님도, 오랜 시간 함께 지낸 친구도 형의 한 부분만을 알고 있었다. 그렇게 각자가 기억하는 것이 조각이 아닌 전체라 믿었다. 수민 형과 부모님 모두 JIN이 가우디에 어떤 세상을 만들어 놓았는지 모르고 있었다. 선우진은 알아도, 아바타 JIN의 존재는 알지 못했다.

"진이 형 2학년 때 선생님이 담임이었다고 하셨죠?"

교감 선생님은 대답하지 않았다. 그저 찬찬히 내 얼굴을 살펴볼 뿐이었다.

"형은 어떤 학생이었어요?"

그냥 궁금했다. 형에 대해 모두가 조금씩 다른 기억을 지녔다면 선생님의 눈에 비친 선우진이란 사람은 과연 어떤 모습이었을까. 그 기억은 시간에 의해 깎이고 마모됐겠지만 남아 있는 작은 흔적만이라도 보고 싶었다.

"조용한 성격이었어요. 친구들하고 잘 지내고, 책임감이 강해서 맡은 일은 끝까지 잘 해냈어요. 공부도 상위권이었고 특히 농구를 잘했던 기억이 나요."

반에서 썩 존재감이 없었단 뜻이다. 조용하고 교우 관계 좋고 책임감 강하다는 건, 누구에게나 쓸 수 있는 보편적인 표현이다. 뭐, 공부는 잘했나 보다.

"먼저 손 들고 발표하는 스타일은 아니었지만, 시키면 또 곧잘 했는데, 특히 목소리가 참 좋아서 교과서 낭독을 많이 시켰어요."

"그럼 친하게 지낸 친구는요?"

더 정확히는 이성 친구를 묻고 싶었다. 사귀거나 서로 좋아했던, 뭐 그렇고 그런 관계.

갑자기 그건 왜 궁금한지 묻는 듯한 눈빛에 나는 어색한 미소를 내비쳤다. 그러게요. 이제 와서 그런 것들이 왜 알고 싶어졌을까요.

"그냥 형의 학교에 입학하니까……."

이 핑계 아닌 핑계가 습관처럼 입에 붙었다. 정말 이러려고 이 학교에 입학한 게 아닌데…….

선생님이 알 것 같다는 듯 고개를 끄덕였다. 내 시선이 바닥으로 떨어졌다.

"글쎄요. 다 두루두루 친했던 것 같아요. 안녕하세요, 꾸벅 인사도 잘했고, 수업 시간에 가끔 졸기도 했고."

잔디밭의 토끼풀 같은 학생이었단 뜻이다. 전혀 눈에 띄지 않는, 선생님들이 굳이 신경 쓰지 않아도 알아서 잘하는 그저 그런 모범생.

나는 허벅지 위에 올려 둔 손을 꽉 움켜잡았다.

"저기 쌤…… 아니 교감 선생님."

시끄러운 생각을 털어 내려 불쑥 고개를 들었다.

"그냥 쌤이라 불러요. 나는 그게 더 익숙하니까."

막상 큰 소리로 불렀지만, 더는 떠오르는 질문이 없었다.

"교감 쌤이시죠?"

"……."

"그 유령, 아니 귀신…… 그러니까 학교 소문의 주인공이요."

왜 하필 이 소리가 지금 나왔을까? 유령이라니, 귀신이라니?

"무슨 소문일까?"

전혀 모른다는 표정으로 교감 선생님이 고개를 갸웃거렸다.

"그러니까 애들이 하는 말이……."

정확히는 괴담에 가까웠다. 십 년 넘게 학교에 다니는 존재. 어느 학교에나 있는 그렇고 그런 이야기다. 그런데 그 말도 안 되는 졸업 못 한 유령의 정체가 교감 선생님이지 싶었다. 어쨌든 선생님과 가까이 있으면 성적은 오를 테니까. 그 이야기가 와전되어 괴담으로 발전했을 가능성이 크다.

"아, 그 십 년 넘게 학교에 다니는 학생 이야기라면 나도 들어본 것 같아요."

교감 선생님이 아니었나? 하긴 학생이라고 콕 찍어 말하는 걸 보면 정말 단순 괴담에 불과한지도 모르겠다.

"죄송해요. 저는 그냥 혹시나……."

"미안해서 어쩌나. 나는 아니지만, 늦은 밤 학교에서 몇 번 본 적은 있어요."

이건 또 무슨 소리지? 그럼 정말 이 학교를 십 년 넘게 다닌 유령이 존재한다고?

"진……진짜 보셨어요?"

"아마도."

교감 선생님이 한쪽 눈을 찡긋했다. 진심인 것 같기도, 나를 놀리는 것 같기도 했다. 하지만 지금 괴담의 진위 따위가 중요한 건 아니니까. 나는 자리에서 일어나 꾸벅 고개를 숙였다. 그렇게 교감 선생님과의 만남은 엄마가 끓인 한강 물 라면처럼 끝났다. 짭 조름한 정보 없이 대단히 싱거웠던 의미다.

"큰맘 먹고 찾아왔는데 건진 게 없네. 존재감 제로였구나 형."

생각해 보면 학교에서 존재감을 드러내는 것 자체가 썩 좋은 일은 아니다. 칭찬은 부담되고, 잔소리는 귀찮으니까. 스포츠라면 보는 것 이외에는 관심 없는 나와 달리, 형은 직접 하는 것도 좋아했구나. 그랬으니 공부하다가도 졸리면 밖에 나가서 몸을 풀고 왔겠지. 가우디에 집을 짓고 정원을 꾸몄겠지.

"참 인생 피곤하게 사셨네요, 선우진 씨."

─그걸 다른 말로 부지런하다고 하지.

반쯤 열린 창으로 바람이 불어왔다. 그 속에 형의 목소리가 실려 있었다.

"좀 덜 부지런하지 그랬어."

그랬다면 이 황금 같은 점심시간에 교감실을 찾아올 이유도 없었을 것이다. 늦은 저녁 수민 형을 만날 이유도, 입학식 날 엄마를 울릴 일도 없었겠지? 형은 정말 쓸데없이 너무 부지런했다. 나는 깍지 낀 손을 머리 위에 얹고 교실로 돌아갔다.

편지 여덟

가우디에서는 집을 짓고 정원과 실내를 꾸밀 수 있어. 한여름에 내리는 눈을, 밝은 햇살 아래 은은한 빗소리를 감상할 수도 있지. 하늘에 무지개를 띄우거나 재미있는 모양의 구름을 지나가게 할 수도, 밤이면 불꽃놀이와 레이저 쇼도 즐길 수 있잖아. 이곳은 터치 몇 번이면 뭐든지 눈앞에 나타나는 메타버스 세상이니까.

여기선 눈이 와도 춥지 않아서 두꺼운 옷을 몇 겹씩 껴입지 않아도 되고, 도로가 막히거나 길이 질척거릴 염려도 없지. 사람들이 넘쳐나는 연말연시도 없어. 오직 너와 나 둘만의 공간이니까. 나에게 가우디 속 겨울은 가장 완벽했지. 딱 하나만 제외하면 말이야.

"아! 귤."

네 아바타 JIN이 고개를 끄덕였어.

"어! 귤."

나는 낮게 한숨을 내쉬었지. 내가 겨울을 좋아할 수밖에 없는 단 하나의 이유이자 전부였는데, 이곳에서는 그 전부의 0.0001퍼센트도 충족할 수 없잖아. 새하얀 눈과 사람들의 가슴을 들뜨게 하는 화려한 크리스마스조차 관심 없는 내가 겨울을 기다리고 사랑하기까지 하는 건 바로 귤을 마음껏 먹을 수 있기 때문이야.

그런데 아직 메타버스 안에서 무언가를 먹는 건 불가능해. 솔직히 가상 세계에서까지 뭔가를 먹고 싶지 않은 것도 사실이고.

"엄마가 겨울이 되면 아예 상자째로 귤을 사 놓거든. 그게 며칠 못 가."

"와! 그 정도야?"

"응, 그 정도지."

나는 또다시 한숨을 내쉬었어.

"어제 귤이 다 떨어졌어. 우리 아빠는 나보고 귤 중독이래. 얘기하니까 또 먹고 싶다. 진짜 중독 맞나 봐."

"우리 집에 귤 있는데. 꼬맹이가 아주 잘 먹어. 작은 배가 볼록해질 정도로 끝도 없이 들어간다니까?"

너는 갑자기 동생이 깬 것 같다, 말하고는 서둘러 XR 헤드셋을 벗어 버렸지. JIN 님이 가우디를 퇴장하셨습니다. 허공에 반짝이는 메시지를 보며, 나도 퇴장 버튼을 눌렀어. 그리고 다음 날 아침 출근하던 아빠가 현관문을 열고는 소리쳤어.

"택배는 아닌 것 같은데, 누가 문 앞에 귤을 가져다 놨네? 집을 잘못 찾았나?"

나는 한걸음에 문밖으로 달려갔어. 현관문 손잡이에 작은 종이 가방이 걸려 있었지. 그 속에 제법 큰 귤 다섯 알이 들어 있었어. 순간 한 가지 생각이 머릿속을 스쳤지. 혹시 어젯밤 네가 급하게 가우디를 떠난 이유가 이것 때문은 아닐까? 내 집 주소를 알고 있는 친구는 몇 명 없었고, 밤늦은 시각 우리 집에 직접 귤을 배달해 줄 사람은 더욱이 없었거든.

"미리 연락이라도 해 주지. 놓고 갔다고 메시지라도 보내든가."

이렇게 살짝 두고 가면 어찌 알겠어? 나는 서둘러 너에게 전화를 걸었지. 이 답답아, 귤 배달 오려고 그렇게 갑자기 가우디에서 퇴장한 거야? 너희 집 귤 있다는 걸 몸소 보여 주려고? 내가 무슨 말을 못 한다. 귤 두고 갔으면 전화나 메시지라도 하지, 아빠한테 둘러대느라 혼났어. 그런데 나 되게 감동했다. 너에게 이렇듯 고마움을 표시하려 했지. 지난번 미술관 그림 액자도 그렇고, 너는 정말 사람에게 감동을 주는 데 타고났구나 싶었어. 아니면 상대에게 무언가를 직접 전달하는 게 많이 어색했겠지. 열여덟은 그런 나이였으니까. 하지만 그래서 더더욱 기뻤어. 오늘은 학교에서 너를 어떻게 모른 척해야 하나 걱정도 들었지. 커피값을 아끼고, 아빠에게 조르고 졸라 여분의 용돈을 타 냈어. 그 돈을 캐시로 바꿔야지. 하얀 벽돌집에 벽난로를 설치할 거야. 아직 장미를 심을 돈은 안 되지만 그건 나중에…… 나도 너에게 깜짝 선물이라는 걸 해 주고 싶었거든.

그런데, 그런데 말이야. 아무리 전화를 걸어도 너는 받지 않았어. 학교에서도 너를 볼 수 없었지. 네가 아무도 몰래 우리 집 문 앞에 두고 간 그 귤은, 얼마 못 가 파랗게 곰팡이가 피더라. 그리고 완전히 썩어 버렸어. 하지만 버리지 못했어. 정말 그럴 수 없었거든.

"뭐라고? 언제 어디를 가?"

"이번 주 금요일. 엄마 버섯 좋아하잖아. 버섯 요리 전문 한정식 집이야. 제법 유명해서 예약이 필수래."

"금요일이 무슨 날인데?"

엄마가 휘휘 핸드폰을 넘겨 보았다. 아무리 일정표를 보고 또 봐도 소용없다. 금요일은 아무 날도 아니다. 적어도 엄마 아빠에게는 그렇다는 것이다. 결혼기념일도, 생일도 아니니까. 하지만 나에게는 중요한 날이다. 부모님이 집에 없거나 아주 늦게 들어와야 할 정도로…….

하여 몇 푼 안 되는 용돈을 긁어모았다. 그 피 같은 돈으로 과감하게 식당을 예약했다. 물론 반 이상은 아빠가 충당하겠지만, 어쨌든 그 덕분에 두 분이 맛있는 요리와 함께 오붓한 시간을 보낼 수 있으니 서로에게 나쁠 건 없다.

"뭐야? 너 무슨 사고 쳤어?"

그걸 굳이 사고라고 말하면 사고이겠지만, 특별히 피해자는 나오지 않았다. 곰솔의 정체가 궁금해 죽을 것 같은 어떤 바보만 빼면 말이다.

"엄마, 진짜 아들의 성의를 이런 식으로……."

엄마가 두 눈을 가늘게 뜨고는 의심의 눈초리를 번뜩였다. 나는 부러 과장되게 불퉁거렸다.

"오래 살고 볼 일이다. 우리 막둥이한테 이런 선물을 다 받아

보고."

엄마는 가끔 나를 막둥이라 부른다. 대부분 아들 또는 혁이라 부르지만, 때론 둘째야,라고 부른 적도 있다. 이런 엄마를 보며 사람들은 말했다. 아니 부탁했다. 그만하면 되었다고, 이제 가슴에 묻고 보내 주라고. 하루빨리 형의 흔적을 지우라 했다. 그것만이 유일한 진리이고 법칙이라는 듯 모두 고개를 내저었다. 그 외에는 절대 해서는 안 되는 일처럼……

하지만 형을 지워야 할 필요도, 억지로 잊어야 할 이유도 없었다. 형은 우리에게 영원히 그런 존재가 될 수 없다. 부모님은 여전히 형 방을, 아들의 흔적을 고스란히 남겨 두었다. 세상에는 아무리 애를 써도 안 되는 일이 있다. 그럴 때는 그냥 받아들이는 수밖에 없다. 엄마와 아빠는 그렇게 살고 있다. 내게는 그 모습이 자연스러웠다. 남들이 어떤 기준을 내세워도 소용없었다. 그건 그들의 생각일 뿐이니까. 우리는 우리 나름의 법칙과 진리대로 형을 조금씩 놓아주고 있었다. 이 모든 과정을 통해 나는 한 가지 배운 게 있다. 누군가를 잊는다는 건, 하는 게 아니라 되는 것이다. 자연스레 잊힐 때까지 기다리면 된다. 바위가 비바람에 조금씩 깎이고 닳아 없어지는 것처럼……

아무리 그렇다 한들, 집에서는 안 된다. 내가 엄마 몰래 형과 프프를 하는 것도 조심스러운데, 버젓이 형 방에 들어가 형의 XR 헤드셋을 착용한 채 누군가와 이야기하는 모습은, 절대 보여 줄 수 없다.

"뭔가 불안하긴 하지만…… 그래도 막둥이 선물이니, 아빠랑 맛있게 먹고 올게."

엄마가 살뜰히 내 머리를 쓰다듬었다. 나는 말 잘 듣는 강아지처럼 히죽 웃었다.

"있잖아, 엄마."

엄마의 두 눈이 또다시 가늘어졌다. 그럼 그렇지 싶은 표정을 보니 평소에 내가 참 문제 많은 아들이었구나, 새삼 느꼈다.

"뭐야? 지금이라도 빨리 말해."

그래, 괜히 뜸 들이지 말고 곧바로 물어보자.

"엄마, 형은 어떤 아들이었어?"

엄마는 형편없는 성적표나 학교 기물 파손, 쪽지 시험 부정행위, 친구들과 주먹다짐, 혹은 엄마 신용 카드로 메타버스 캐시 충전 따위의 고백을 기대했겠지만, 내 입에서는 엉뚱한 형 이야기가 튀어나왔다. 그러니 엄마가 반쯤 벌린 입을 다물지 못하는 것도 무리는 아니다.

"갑자기 네 형은 왜?"

"내가 형 학교 다니잖아."

이 한마디가 모든 문을 여는 비밀번호구나? 하지만 형이 늘 머릿속을 맴도는 건 사실이다. 어떤 모습으로 공부하며 생활했을까? 오래된 강당과 교실, 급식실 그리고 운동장을 삥 둘러 서 있는 은행나무까지, 이 모든 것들이 여전히 형을 기억할 텐데. 7/15라고 쓴 낙서처럼 도서관에는 아직도 형의 흔적이 남아 있는데. 형은 과연 어떤 학생이었을까? 그 궁금증은 결국 형의 세계를 엿보게 했고, 정신을 차려 보니 나는 형의 추억에 깊숙이 발을 들여놓고 말았다.

"그래서 형 생각이 많이 났어?"

엄마가 한 번 더 머리를 쓰다듬었다.

"너희 형도, 아니 너희 형이야말로 참 애교가 많았지."

조용하고 숙연한 분위기를 절대 깨기 싫지만, 순간 나는 내 두 귀를 의심했다. 누가 애교가 많았다고요? 선우진 씨가? 이 집안 장남이? 아무래도 엄마가 막둥이와 오래 살다 보니, 나와 형을 헷갈리는 모양이다. 당연히 그럴 수도 있겠지.

"형이 애교가 많았다고?"

"그럼. 오히려 무뚝뚝한 건 너야. 진이는 얼마나 웃겼는데. 한번은 댄스 동아리에 들겠다며 연습한 춤을 보여 줬거든. 몸 따로 마음 따로 삐걱거리는 게 웃기다 못해 안쓰럽더라. 이상한 코맹맹이 소리며 연예인들 흉내는 또 얼마나 잘 냈는지. 그 녀석 때문에 정말 많이 웃었다."

"형이 농구가 아니라 댄스 동아리를?"

엄마가 당연하다는 듯 크게 고개를 주억거렸다.

"학교 다녀오면 미주알고주알 말도 많았는데. 오죽하면 내가 진이한테 그랬어. 너는 딸로 태어났어야 했다고. 그랬더니 네 형이, 그럼 나 딸내미라고 부르든가, 이런 적도 있었어. 말로는 네형 못 이겼지."

나는 보이지 않는 손으로 철썩 따귀를 맞은 기분이었다.

"형이 춤을 췄다고? 코맹맹이 소리로 애교를 부렸어? 고등학교 때?"

사진과 동영상을 통해 형을 본 적은 많았다. 하지만 장난기 가득한 모습이야 어릴 적이었고, 대부분은 자상한 얼굴로 나와 놀아 주는 정도였다.

"진이 중1 때 네가 태어났잖아. 그동안 쭉 외동으로 자라서 그런지 남달리 애교가 많았어."

그렇게 따지면 나 역시 외동으로 자랐다. 하지만 나는 단 한 번도 남은커녕 엄마 앞에서조차 춤을 춰 본 적 없다. 누군가 내 머리에 총구를 겨누거나 가족을 인질로 잡고 협박하지 않는 한, 앞으로도 쭉 그럴 일은 없다. 평생 절대로, 맹세코.

"어려서부터 가만있지 못했어. 사부작사부작 뭐라도 만들고 색칠하고 부러뜨려야 직성이 풀리는 성격이었지."

그건 좀 이해가 간다. 그렇기에 가우디에 사부작사부작 집을 짓고 정원을 꾸몄겠지. 초록색 바탕에 촌스러운 붉은 장미를 심으려 했겠지.

"얌전히 앉아서 공부하다가도 벌떡 일어나서 몸 좀 풀고 온다고……."

늦은 겨울밤이었다. 식구들이 모두 단잠에 빠진 시각, 형은 혼자서 집을 빠져나갔다. 엄마의 말처럼 형은 곧잘 밖으로 나갔다. 공부하다 졸리면, 몸이 찌뿌둥해지면, 잠시 동네 한 바퀴를 돌고 오거나 공원에서 혼자 농구공을 튕겼다. 그날도 분명 그랬을 것이다. 늦게까지 공부하다 졸음이 쏟아졌겠지, 어깨에 돌덩이를 얹은 듯 무거웠겠지, 그렇게 아무도 모르게 살짝 바람을 쐬러 나갔겠지. 하지만 그것이 마지막 산책이 될 줄은 아무도 예상하지 못했다. 늦은 밤 졸음을 이기지 못한 운전자는 검은색 운동복을 입고 길을 건너는 형을 미처 발견하지 못했다. 급브레이크를 밟았을 땐 이미, 너무 늦어 버렸다.

"혁아."

엄마의 눈빛이 가만히 내 얼굴을 어루만졌다.

"엄마가 왜 다 준비해 놓고도 너희 형 안 불러냈는지 알아?"

혹시 외장 하드에 있는 형의 자료를 이야기하는 걸까? 가상 세계에서 형을 되살리려던 그 작업을 말하는 건가.

"진짜 형이 아니라서?"

형이 있는 세계에서 빠져나오지 못할까 봐, 영원히 형을 보내 줄 수 없을 테니까. 하지만 차마 내 입으로 그것까지는 말할 수가 없다.

"그것도 있는데……."

입가에 쓸쓸한 미소를 그리며 엄마가 말을 이었다.

"형이 싫어할 것 같아서. 진이가 많이 속상해할 것 같아."

그랬구나. 결국 엄마는 끝까지 엄마로 남을 수밖에 없었구나. 마지막까지 스스로가 아닌 형을 생각할 수밖에 없었구나. 자신의 그리움보다 형의 속상함이 더 먼저겠구나. 그렇게 견뎠구나. 아니 견뎌 내고 있구나. 그 생각이 들자 목울대가 아려왔다. 나는 꿀꺽 마른침을 삼켰다.

"그런데 혁이는 형 만나서 어땠어?"

엄마의 한마디가 채찍처럼 철썩 뒤통수를 강타했다. 나는 입을 반쯤 벌린 채 멍하니 엄마를 바라보았다.

"학, 학교에서? 형…… 형이 다녔던 학교…… 물어보는 거야?"

바보처럼 말이 토막토막 끊겨 나왔다. 글쎄? 싶은 눈빛으로 엄마가 입을 열었다.

"너 수업 전에 핸드폰 제출 안 해? 학교에서도 음성 챗 하는 거 아니지?"

"엄마!"

나는 솟구치듯 자리에서 일어났다. 죽을죄를 지었다고 무릎이라도 꿇어야 하나? 그런데 엄마가 어떻게 알았지? 최대한 티 나지 않게 조심했는데? 형 방에 있던 외장 하드도 얌전히 서랍 속에 도로 넣어 놨는데.

"블루투스 이어폰은 네 귀에만 들리잖아. 그런데 네 목소리까지 안 들리게 할 수는 없지."

엄마가 손끝으로 톡톡 귀를 가리켰다. 나는 소리 없이 욕을 짓씹었다. 이렇게 멍청할 수가. 나는 형의 목소리가 새어 나가는지만 걱정하며 전전긍긍했다. 바보처럼 내 목소리가 방문을 넘는다는 생각은 왜 하지 못했을까?

"처음에는 수민이랑 통화하는 줄 알았는데, 아니더라. 외장 하드도 거꾸로 넣어 놓고."

"엄마, 그게 있잖아. 내가 처음부터 그러려고 한 게 아니라……."

"진이한테 안부 전해 줘. 엄마가 많이 보고 싶어 한다고."

차라리 등짝이라도 한 대 시원하게 맞는 편이 나을 것 같았다. 그래서 엄마가 그런 눈빛으로 나를 보고, 할 말이 없느냐 몇 번이고 추궁했구나.

"그나저나 네 아빠 올 때가 됐는데, 도로 공사한다더니 길이 많이 막히나 보다."

엄마는 서둘러 자리를 털어 냈다. 그렇게 물기가 묻어 있는 목소리가 멀어져 갔다. 나는 또다시 엉뚱한 형에게 화풀이했다. 이 모든 게 결국 형 때문에 일어난 일이니까.

"춤을 추셨다고요, 선우진 씨?"

가장 친했던 친구는 형이 무던한 성격이었다고 회상했다. 오래전 담임은 조용하고 책임감 강한 학생이라 했다. 그리고 엄마는 형을 애교 많은 수다쟁이 아들이라 했다. 사람들은 누구나 자신이 경험한 상대만 알고 있다. 그러면 과연 곰솔이 가지고 있는 형의 남은 조각은 무엇일까?

나는 자리에서 일어나 방문을 열어젖혔다. 책상 위에는 신형 XR 헤드셋이 놓여 있었다. 누군가 저 안을 들여다본다면 나를 어떤 사람으로 평가할까? 생각해 보면 XR 헤드셋과 핸드폰, 컴퓨터가 사람들의 기억보다 더 자세하고 세밀하게 한 인간을 기록하고 있다. 내가 형의 XR 헤드셋 너머를 엿보지 않았다면, 가우디도 곰솔의 존재도 전혀 몰랐을 것이다. 수민 형과 엄마처럼…….

- 오늘은 낚시 안 하시나?

도운에게 메시지를 보냈다. 오늘은 별일 없었느냐는 질문이다.

- 곧 고등학교 첫 중간고사다. 낚시 좋아하다가 엄한 데 인생 낚인다.

생각보다 팔팔하다. 녀석도 이제는 알고 있겠지. 너무 애쓰지 않아도 된다는 걸, 성격이 조금씩 다를 뿐 틀린 건 아니라는 사실을 말이다.

- 물 좋아해서 아바타 닉네임도 *River*로 지은 놈이. 인생 좀 낚이면 어떻냐?

- 야, 내가 물 좋아해서 *River*로 지었냐? 내 성이 강씨니까 *River*가 됐지. 너도 네 이름 선우혁에서 따왔다며. *SUN*이 이미 있는 닉네임이라서 어쩔 수 없이 *SOL*로 지었다고 했잖아.

언제 그런 얘기까지 했는지 기억나지 않았다. 하긴 그깟 닉네임이 뭐가 그리 중요……. 순간 보이지 않는 주먹이 또 한 번 뒤통수를 내리친 느낌이었다. 빡! 아니 꽝! 빠직! 소리가 머리를 시작해 가슴까지 울려 퍼졌다. 바보같이 왜 지금껏 단 한 번도 그 생각을 하지 못했을까. 나는 재빨리 인터넷을 열어 키패드를 입력해 나갔다.

소나무

편지 아홉

　운동장에 온종일 꽃가루가 날렸어. 앙상한 가지에 싹이 돋고, 얼어붙었던 화단에 들꽃이 피었어. 다들 어디에 숨어 있다 오는 걸까. 얼마 전까지 세상은 온통 눈으로 뒤덮여 있었는데 말이야. 춥다고 종종걸음 치던 아이들이, 이제 덥다고 교복 재킷을 벗어 던져. 곰곰이 생각해 보면 현실도 메타버스랑 별반 다르지 않아. 꽃이 피고 단풍이 들었다가도 이 모든 것이 일순 사라지지. 거짓말 같은 시간이 지나고 또 지나가고 있어. 언제 이곳까지 흘러왔을까? 뒤돌아보면 문득 허무한 기분이 들어. 바로 어제 일처럼 선명한데 벌써 이렇게나 멀리 와 버렸잖아.

　어떻게 시간이 갔는지 기억이 잘 나지 않아. 빈소에는 안 갔어. 아니 못 갔어. 반 아이들이 모두 다 손가락질하며 등 뒤에서 대놓고 수군거렸어. 나보고 매정하고 차갑대. 학기 초에 같은 조까지 했는데 어떻게 저렇듯 모른 척할 수 있냐고. 그런데 사실 나는 그 말이 무슨 뜻인지조차 모르겠더라. 내가 매정한가? 차갑나? 진즉에 그럴 것을, 너에게 괜히 말을 거는 게 아니었는데. 네가 준 것들에 특별한 의미를 부여하지 말았어야 했는데. 너와 가우디에서 공유 친구 따위 맺지 말걸. 귤을 좋아한다는 말도, 귤을 먹기 위해 겨울을 기다린다는 말도 하지 말걸…… 사실 두려웠어. 너의 영정 사진을 보는 게 너무 무서웠어. 네가 나 때문이라고 원망할 것 같아서 도저히 갈 수가 없었어. 너무 미안해서 차마 미안하다는 말조차 할 수 없었거든.

한동안 먹는 족족 게워 냈어. 자다가도 몇 번씩 깼어. 미친 듯이 울다가, 또 며칠 목소리가 나오지 않았어. 내가 왜 엉망으로 망가졌는지 아무도 모르더라. 나 역시도 알 수 없었어. 대체 뭐가 어떻게 된 건지. 너는 왜 학교에 오지 않는지, 나를 보며 바보처럼 웃지 않는지.

결국 엄마 손에 이끌려 정신과를 찾았어. 도살장의 소처럼 끌려갔지. 그곳에서 몇 가지 검사를 하고 오랜 시간 의사와 상담했어. 결과는 과도한 학업 스트레스로 인한 불안증과 신경 쇠약이래. 곧 고3이 되니까, 입시가 코앞으로 다가왔으니까. 그때 깨달았어. 아! 나는 고3이 되는구나. 그런데 너는 영원히 열여덟에

갇혀 버렸구나. 이 모든 것들이 단순한 학업 스트레스라면 얼마나 좋을까? 얼마나 다행이고 또 얼마나 행복할까?

"의사가 나보고 과도한 학업 스트레스래."

너에게 넋두리라도 할 수 있다면……. 너는 언제나처럼 두 눈이 사라지게 웃을지 몰라.

"네가 과도한 학업 스트레스라고? 시험 기간에도 늦잠 자서 지각하는 애가?"

맞아, 내가 생각해도 너무 엉터리 같은 결과였지. 하지만 의사는 신이 아니잖아. 내가 아무 말도 안 하는데 어떻게 내 속마음까지 읽어 낼 수 있겠어. 인간의 뼈와 장기까지 속속들이 들여다볼 수 있지만, 아직 마음까지는 그러지 못하잖아. 그래서 다행이라 생각하면서도 한편으로는 답답해 미칠 것 같았어.

네가 세상에서 사라진 후, J가 한동안 많이 힘들어했어. 몰랐어. 너희 둘이 그렇게 가까웠는지. 같은 중학교를 나와 친하다는 건 알고 있었어. 그래도 너와 J 모두 반 아이들과 두루 어울렸잖아. 그런데 내가 생각했던 것 이상으로 너는 J에게 특별한 존재였나 봐. 매일 붙어 다니지 않아도, 오히려 그렇기에 가장 가까운 친구였겠지. 내가 J와 너의 깊은 관계를 몰랐듯, J 역시 나와 너의 관계를 전혀 모르더라. 언젠가는 말하려 했을 거야. 다만 그 기회가 이토록 허무하게 사라질 줄은 몰랐겠지.

이런 말 이상하지만, 나는 J가 부러웠어. 네 죽음을 마음껏 슬

퍼할 수 있는 그 아이가 못 견디게 부럽고 질투 났어. 나는 그럴수 없으니까. 결국 너를 그렇게 만든 게 나였으니까. 때때로 숨이 막혀 죽을 것 같았어. 그런데 정말 죽지는 않았어. 그토록 쉽게 너를 데려간 죽음이 정작 나에게는 오지 않았어. 어른들의 말처럼, 하루 또 하루 살게 되더라. 하루 또 하루 버티게 되더라. 시간이 지나니까 밥도 먹고 수업도 듣고 간간이 아이들과 이야기하며 웃기까지 하더라. 그리고 미친 듯이 공부했어. 할 수 있는 게 그것밖에 없으니까. 공부에라도 집중해야 그나마 숨을 쉴수 있을 것 같았거든. 아이들이 나한테 귀신 씌었다고 했어. 대학 못 가 한이 맺힌 공부 귀신 말이야. 참 재미있지 않아?

정신을 차렸을 땐, 어느덧 졸업이 코앞으로 다가와 있었어. 그제야 내 책상에 놓인 XR 헤드셋이 눈에 들어오더라. 그 순간 아! 나한테도 이런 게 있었구나, 그런 기분이었어. 한동안 사람들이 열광했던 가우디 게임도 서서히 저물어 가고 있었어. 내 집 꾸미기도, 메타버스 집들이도 시들해졌지.

메타버스에 접속하기 무섭게 가우디의 문이 나타났어. 나는 그 안으로 들어갔지.

반갑습니다, 곰솔 님. 397일 만에 가우디에 입장하셨습니다.

벌써 시간이 이렇게나 흘러갔구나.

곧바로 JIN 님의 정원으로 가시겠습니까?

네가 사라져도, 여전히 이곳에는 너의 정원이 남아 있었어. 네가 없는데 과연 무슨 의미가 있을까? 하지만 마지막으로 한 번은 보고 싶었어. 문득 너에게 아직 벽난로를 선물하지 못했다는 사실이 떠올랐어. 불꽃놀이 이벤트도 신청해야 하는데, 정원에 장미도 심어야 하고. 2층 테라스에 의자도 있었으면 좋겠다고 했잖아.

"응, 갈게."

그렇게 찾아간 하얀 벽돌집은, 너무 처참하게 변해 있었어. 정원에는 잡초가 엉망으로 자라 있었고, 나무들이 노랗게 말라 죽었지. 하얀 벽돌집은 군데군데 부서지고 안에는 곰팡이가 피어서 공포 게임에 나오는 흉가 그 자체였어.

"어떻게 된 거야?"

JIN 님의 정원이 일 년 넘게 방치되었습니다.

초록 새가 말했어. 복구를 원한다면 이곳을 정리하고 청소를 시작하래. 물론 그에 따른 청소 도구와 벽을 칠할 페인트, 잡초를 정리할 잔디깎이를 구매해야 한다나? 한마디로 캐시를 충전하라는 뜻이었지.

500일 넘게 입장하지 않으면, 가우디 계정은 휴면 계정으로 전환됩니다. 1000일 넘게 입장하지 않으면 계정은 자동으로 사라집니다.

천 일이 아닌 만 일이 지나도 너는 절대 접속할 수 없을 거야.

"그럼 이곳도 사라지는 건가?"

곰솔 님은 유일한 공유 친구이기 때문에 이곳에서의 활동이 가능합니다. 만약 JIN 님의 정원을 대신 관리하신다면, 곰솔 님은 물론 이곳의 소유자인 JIN 님의 계정도 삭제되지 않습니다.

정말 깔끔하고 단순하지 않아? 이렇듯 관대한 자본주의 시스템에 감사할 일이었지. 이곳이 애초에 누구 소유인지는 중요치 않아. 누구든 관리만 해 준다면, 청소를 하고 집을 꾸미며 마구마구 캐시만 써 준다면, 내 계정은 물론 사라질 네 가우디 계정조차 무사하다는 뜻이야.

"알았어. 여긴 지금부터 내가 관리할게."

집 청소를 시작하시겠습니까? 아니면 정원 관리를 하시겠습니까?

처음에는 이런 게 다 무슨 의미일까? 싶었어. 하지만 그냥 방치하기 싫었어. 도저히 그럴 수 없었거든. 이곳은 너의 시간이 고여 있잖아. 다른 누구도 아닌, 오직 나만이 기억하는 그 시간을 이대로 잊어버리고 싶지 않았어. 그 순간 문득 그런 생각이 들더라. 이 정원은 현실이 아니니까, 가상 세계니까. 혹시 정말 단 한 번쯤은 JIN의 아바타가 찾아와 주지 않을까? 그런 허무맹랑한 바람이 생겼어. 현실에서는 할 수 없고 존재할 수 없는 것들이, 이곳에서는 모두 가능하니까.

나는 그렇게 너의 정원을 돌보기 시작했어. 가우디 속 세상은 계절과 관계 없이 늘 푸르지만, 현실에선 폭우가 쏟아지고 지독한 가뭄이 들었어. 태풍이 왔다가, 한파가 몰아치기도 했지. 그런 와중에도 오직 JIN의 정원만은 너무 고요했어. 쓸쓸하게 느껴질 정도로, 현실과 단절된 섬이 되어 갔지. 그사이 나는 성인이 됐고 대학을 졸업했어. 크고 작은 경험을 하고 실패를 맛보는 동안 JIN의 정원은 어느덧 나의 유일한 안식처가 되었어. 슬프고 괴로울 때도 기쁘고 즐거울 때도 나는 그곳으로 달려갔어. 그리고 너의 작은 방울뱀 인형에게 말했지.

"아니, 말이 돼? 조별 과제 하면 연락처 물어보는 정도는 당연하잖아. 세상에, 나보고 뭐라는 줄 알아? 과제 핑계로 자기한테 먼저 접근했대, 자기를 가지고 놀았대. 확! 쌍욕을 해 주려다, 욕이 아까워 참았다. 나 아무래도 조별이니 모둠이니 이런 활동에 뭔가 씌었나 봐."

"이모가 사기를 당했어. 자세한 건 모르겠는데, 평소 알고 지내던 지인이 괜찮은 사업이라며 투자를 권유했대. 그 사람 말이야. 사는 집부터 타고 다니는 차, 몸에 걸친 것까지 어마어마했나 봐. 박사 학위도 있다나? 마지막에는 계좌도 보여 줬대. 당한 다음에 알았지. 그 모든 게 진짜가 아닌 허상이었다는 걸. 서럽게 우는 이모를 보며 아빠는 어쩔 수 없다고 말했어. 작정하고 사기 치려는 사람을 무슨 수로 당하냐고. 옆에서 가만히 듣고만 있던 엄마가 한마디 하더라. 그래서 사회적 편견이 무서운 거라고. 그 말이 뭔지 알겠더라. 사는 집, 소유한 차, 몸에 걸친 것들이 그 사람을 대변해 주는 세상이잖아. 누군가 어떤 사상을 지녔는지보다, 테이블에 어떤 차 키를 올려놓느냐가 몇 배 중요하니까. 엄마 얘기를 들으니까 살짝 겁이 났어. 나 역시 점점 이 편견에 물들어 가는 것 같거든."

"친구가 선배랑 헤어졌대. 어쩌다 보니 그렇게 됐다면서 웃더라. 제법 오래 사귀어서 힘들지 않을까 걱정했는데 의외로 평온해 보였어. 원래도 참 대범한 성격이었으니까. 어제 그 친구랑 같이 술 한잔했어. 그런데 너무 힘들다며 갑자기 울더라. 지금까지 잘 지내는 척 노력했던 거래. 차라리 힘들다 말하지. 친구가 안쓰러워서 말없이 술잔만 채워 줬어. 내가 할 수 있는 게 그것밖에 없잖아. 그런데 얼큰하게 취해서 그러더라. '너는 누군가를 진심으로 사랑해 본 적 있어? 없지? 그래서 이별이 뭔지, 그게 얼마나 아프고 사람 피 말리게 하는지 절대 모를 거야.' 그러고는 테이블에 푹 쓰러져 잠들어 버렸어. 술에 취해 곯아떨어진 친구한테 말했지. '그랬으면 좋았을 텐데, 그 마음이 뭔지 하나도 몰랐으면 정말 좋았겠다.' 친구는 듣지 못했겠지만, 덕분에 나도 어제 술을 좀 많이 마셨어."

"나 떨어졌어. 뭐, 각오한 일이었지만 속은 좀 쓰리다. 준비 기간이 짧았잖아. 내가 여기저기 세상 구경하러 다닐 때 다른 애들은 머리 싸매고 열심히 했으니까."

"시간이 참 빨리 흐른다. 역시 빨간 장미는 아니야. 그럼 정원에 뭘 심어 볼까? 아이디어 있으면 꿈에라도 나타나서 이야기 좀 해 봐. 참고하게."

"겨울이 왔어. 내가 제일 싫어하는 계절이. 네가 떠나고 몇 번의 겨울이 왔는데 나는 여전히 겨울과 다시 친해지기 힘들다. 우린 여전히 냉전 중이야."

"귤이 또 썩었어. 엄마가 이번에도 한 상자를 주문했거든. 제발 그러지 말라고 하는데도 엄마가 추워지면 습관처럼 주문하게 된대. 하긴 습관이 참 무섭긴 하지. 내가 너의 정원에 찾아오는 것도 하나의 습관이 되어 버렸으니까."

"축하해 줘. 나 드디어 합격했어. 오늘만큼은 제대로 파티 하자. 불꽃놀이도 하고 번쩍번쩍 레이저 쇼도 하고 말이야. 너 좋아하는 방울뱀 모양으로 밤하늘을 수놓는 건 어때? 그건 좀 너무했나?"

"믿을 수 없지만, 나는 다시 그곳으로 돌아갔어. 메타버스에서 순간 이동을 한 것보다 더 기묘한 느낌이었지. 그곳은 나에게 가상 세계보다 몇 배 더 현실감이 없더라. 모든 것은 그대로인데 오직 나만 변했잖아. 텅 빈 운동장을 걷는데 바람이 불었어. 오래전 그 가을처럼 은행나무에 앉아 있던 노란 나비 떼들이 일제히 날아올랐어. 칠이 벗겨진 농구 골대도 여전해. 참! 도서관은 복층으로 리모델링을 했대. 그런데 그 책은 여전히 그 자리에 남아 있더라. 네 생일과 함께 말이야. 정신을 차려 보니 가우디보다 더 비현실적인 공간으로 돌아와 버렸네. 이제 이곳에서 나는 무엇을 어디서부터 어떻게 시작해야 할까?"

앞문이 열리더니 담임이 아닌 반장이 들어왔다.

"특별한 전달 사항은 없고 지난번에 학생 정보 이용 동의서 안 낸 애들 쌤이 교무실에 와서 직접 제출하래."

나는 서둘러 가방을 뒤졌다. 다행히 엄마에게 사인받은 동의서가 얌전히 들어 있었다. 며칠 전 반장이 동의서 어쩌고 하는 소리가 들렸는데, 교감실 재방문 생각에 한 귀로 듣고 나머지 귀로 흘려 버렸다.

"저기 반장, 지금이라도……."

"직접 제출해라."

그야말로 화장실 들어갈 때와 나올 때가 다른 녀석이었다. 하필 담임 수업도 없는 날이다. 귀찮지만 교무실까지 직접 다녀올 수밖에. 나는 동의서를 서랍에 넣고 책상에 엎드렸다. 창 쪽으로 고개를 돌리자 교정의 나무들이 뜨거운 초여름 햇살을 묵묵히 견디고 있었다. 멍하니 밖을 보고 있자니 미술실에 있던 청동 부조 작품이 떠올랐다. 우리가 볼 수 있는 건, 조각된 한쪽 면이 전부다. 어쩌면 인간도 마찬가지란 생각이 들었다. 남은 이들에게 서로 다른 기억을 심어 준 형처럼, 애써 아닌 척 누구와도 잘 어울린 도운처럼, 분명 나도 마찬가지겠지.

이런 생각을 하는 사이 1교시 시작종이 울렸다. 청명한 날씨와 상관없이 오늘도 지루한 하루가 시작된다는 뜻이다. 매일 만나는 상대도 고작해야 한쪽 면밖에 볼 수 없는데, 배워야 할 것은 왜 이리 많고 뭘 그리 입체적으로 생각하라는지 모르겠다. 나는 한숨과 함께 책상 위에 교과서를 올려놓았다.

수업이 끝나기 무섭게 바람 빠진 풍선 인형처럼 아이들이 픽픽 쓰러졌다. 덥고 나른한 여름의 시작은 하루하루가 잠과의 전쟁이다. 나는 책상과 한몸이 된 녀석들을 뒤로한 채 교실을 나섰다.

3반을 지나치다 멈춰서 교실 안을 엿봤다. 도운이 아이들과 이야기를 하고 있다. 그 사이 소문이 잠잠해진 모양이다. 머지않아 고등학교 첫 중간고사가 다가온다. 머리 셋 달린 개 이야기나 할 정도로 한가하진 않을 것이다. 아니라면 누군가 직접 그 지옥의 개를 잠재웠는지도…….

"너도 잘한 거 없어, 인마."

하필 예쁘게 포장된 초콜릿을 주다니. 도운이 괜한 짓을 하긴 했다. 상대를 제 주관대로 해석하는 것도 문제지만, 괜스레 상대를 오해하게 만드는 것도 좋은 일이 아니다. 사람 사이에 지켜야 할 마음의 선이라는 것이, 운동장 트랙처럼 선명하지 않아서 늘 문제다.

"네 말대로 관계가 어렵긴 해."

나는 3반을 지나쳐 계단을 내려갔다. 왜 제때 제출 안 하고 이제야 가져와? 한 소리 들을 각오로 찾아갔는데, 다행히 담임은 자리에 없었다. 이럴 때는 책상 위에 사뿐히 올려놓고 도망치는 게 상책이다. 나는 재빨리 담임 책상에 동의서를 내려놓았다. 혹시 바람에 날아갈지 모르니 위에 올려놓을 만한 것이 필요했다. 책상을 두리번거리다 익숙한 얼굴이 눈에 들어왔다. 지난번 교복 넥타이를 지적한, 귀신같은 눈썰미의 장본인이시다. 아! 이제야 생각난다. 처음 담임을 찾아왔을 때 옆자리에 앉아 있던 선생님이었다. 담임이 건넨 귤을 보며 싫다 했었지?

넥타이를 검사받으라 했지만, 단순한 경고에 불과했다. 하지만 이왕 교무실까지 왔으니 이제라도 눈도장을 찍는 게 좋을 것 같았다. 안 그랬다가는 '너, 거기 1학년. 지난번에 내가 교복 넥타이 제대로 매고 오라고 하지 않았나? 왜 안 찾아왔어?' 언제 또 괜한 꼬투리를 잡힐지 모르니까. 바뀐 넥타이 색깔도 단번에 찾아냈는데 내 얼굴 정도는 기억하겠지.

"쌤?" 하고 부르자 선생님이 천천히 눈을 들었다.

"저 넥타이, 잘 매고 왔죠?"

내 얼굴을 보는 눈빛이 잠에서 막 깬 듯 멍했다. 너는 누구니? 되묻는 표정 같아 어쩐지 서운한 생각마저 들었다. 설마 그새 잊어버린 거야? 그날 나한테 괜한 화풀이했던 거야?

"저 지난번에 2학년 복도에서……."

"해송 쌤? 나 이것 좀 봐 줘요. 뭐를 또 잘못 다운로드했나? 파일이 안 열리네?"

가림막 너머로 누군가 소리쳤다.

"네, 선생님."

쌤이 솟구치듯 일어나서는 총총히 걸음을 옮겼다. 하긴 학교에 학생 수가 몇인데? 2학년을 가르친다고 했으니 신입생이 눈에 들어올 리 없겠지. 아무래도 눈썰미와 기억력은 별개인 모양이다. 그런데 저 뒷모습이 어쩐지 눈에 익었다. 혹시 도서관에서 봤던 그 요란한 선생님 아닌가? 아무려면 어때 싶어 나는 동의서 위에 필기구를 올려놓았다. 이젠 안 날아가겠지? 안심하며 돌아서는데 문득 시선을 잡아끄는 무언가가 있었다. 흘낏 옆자리를 곁눈질하자 책상 위에 놓인 작은 액자가 보였다. 그 속에 넘실대는 푸른 바다는…….

"저 그림……."

분명 JIN의 하얀 벽돌집에 걸려 있던 바로 그 바다다. 나는 시선을 옮겨 그 옆에 놓인 머그잔을 보았다. 파란색 컵에는 귀여운 뱀 캐릭터가 그려져 있었는데 똬리를 튼 꼬리 끝에 작은 방울이 달려 있었다. 하얀 벽돌집 2층에 있는 방울뱀 캐릭터와 비슷했다.

"인마, 곧 수업 시작하는데 왜 멀뚱히 서 있어? 교실로 안 가?"

누군가 내 어깨를 치며 지나갔다. 나는 몸을 돌려 허청허청 교무실을 빠져나왔다. 단순한 우연이었을까? 하지만 어떻게 형의 정원에 있던 것들이, 그것도 두 개나 정확히 선생님의 책상 위에 놓여 있을까? 천천히 계단을 밟아 올라가다 날 듯이 뛰었다. 그렇게 복도를 달려 벌컥 뒷문을 연 곳은, 우리 반이 아닌 엉뚱한 3반이었다. 몇몇 녀석들이 저건 뭐야? 싶은 표정을 보내는 사이 나는 뚜벅뚜벅 도운에게로 걸어갔다.

"야, 너 지난번에 2학년 복도에서 나랑 마주친 쌤 기억하지? 너희 윤리 시간에 대신 들어온 쌤이라며, 2학년 국어. 그 쌤 이름이 해송이야? 맞아?"

"뭐야 갑자기? 아니 그걸 내가 어떻게 알아."

분명 그 선생님을 해송이라고 불렀다. 해송 쌤 이것 좀 봐달라고 했는데……. 애송은 아닐 것이고, 해성으로도 들리지 않았다.

"몰라? 이름 말하지 않았어? 해송, 해송이라고……."

"인마, 이해송 선생님이 네 친구냐? 어디 선생님 존함을 함부로 불러?"

등 뒤에서 묵직한 목소리가 들려왔다. 고개를 돌리자 윤리 선생님이 이보다 불쾌할 수 없단 표정으로 눈썹을 움찔거렸다.

"수업 종이 이미 백만 년 전에 울렸는데 왜 자리에 안 앉아?"

"걔 우리 반 아니에요."

이 역시 익숙한 목소리였다. 슬쩍 곁눈질한 곳에 주희가 싱긋이 웃고 있다.

"죄송합니다."

나는 꾸벅 고개를 숙이고는 황급히 교실을 빠져나왔다. 갑자기 정신 나간 놈처럼 소란을 피웠지만, 그 덕분에 똑똑히 알게 되었다. 그 선생님 이름이 이해송이라는 사실을……. 그것으로 충분했다. 하지만 머릿속은 백만 년 동안 쌓인 지층이 무너지듯 엉망으로 뒤엉켜 버렸다.

우연이라 하기엔 너무 많은 것이 의심스러웠다. 고흐의 「해바라기」나, 밀레의 「만종」처럼 어디서나 쉽게 볼 수 있는 명화가 아니었다. 귀여운 강아지나 고양이도 아니었다. 하필 방울뱀 캐릭터라니. 왜 이 두 개가 선생님의 책상에 놓여 있을까? 가장 큰 핵심은 바로 이해송이라는 이름이다. 나이는? 사실 잘 모르겠다. 이십 대 후반에서 삼십 대 초반 사이?

"글쎄? 갑자기 물어보니까 기억이 안 난다."

"혹시 없었어? 이해송. 같은 학교나 반이 아니더라도, 학원에서 알고 지냈다거나? 동네 친구였다거나?"

대략적인 연령대도 수민 형과 비슷했다. 그 뜻은 형과도 같은 세대란 뜻이다. 전화기 너머에서 해송 해송, 나직이 읊조리는 목소리가 들려왔다.

"혁아, 너 요즘 학교에서 무슨 일 있냐? 갑자기 만나자 해서 진이에 대해 묻지 않나, 또 갑자기 전화해서 해송이라는 사람은 또 뭐야? 대체 무슨 일인데?"

형이 이상하게 생각하는 것도 무리는 아니다. 나야말로 내가 대체 왜 이러는지 모르겠다. 만에 하나 내 의심이 맞는다면⋯⋯. 아니 그럴 리 없다. 발음만 해송이지 한자가 전혀 다를 수도 있잖은가. 단순히 바다를 좋아할 수도 있지? 세상에는 정말 다양한 우연이 존재하니까. 방울뱀 캐릭터 머그잔은 누군가에게 선물 받은 것일 수도 있다. 십이 년 전에 죽은 형과 같은 교복을 입고 매일 등교하는 사람도 있는데. 무려 십삼 년 차이를 두고 태어난 쌍둥이 형제에 비한다면, 그깟 그림과 방울뱀 캐릭터 따위야 얼마든지⋯⋯.

"아니야, 형. 신경 쓰지 마. 내가 얼마 전에 2학년 국어 쌤한테 걸린 적이 있거든. 그래서 괜히 말도 안 되는 걸 물어봤어."

"너 1학년이잖아. 그런데 왜 2학년 국어⋯⋯ 국어? 잠깐만."

잠시 끊겼던 형의 목소리가 다시 이어졌다.

"혹시 네가 말한 이해송이 나랑 진이 고등학교 2학년 때 걔 말하는 거야?"

"알아? 기억났어? 이해송이라는 사람이 있었어?"

고등학교 2학년이라면 형이 마지막으로 학교에 다니던 때다. 메타버스에서 집 짓기와 집들이가 한창 유행했던 시기를 떠올리면, 형도 그즈음 가우디에 하얀 벽돌집을 만들었을 것이다.

"맞아. 걔 이름이 이해송이었어. 전에 말했잖아, 국어 수행 평가 같이 했다고. 그때 나랑 진이, 해송이랑 이렇게 셋이 했었거든. 이제야 확실히 기억난다. 내가 PPT 만들면서 마지막에 우리 셋 이름 정확히 써 놨어."

그럼 이해송이 고등학교 때 형이랑 같은 반? 잠깐만 그럼 혹시 지난번에 수민 형이 말한 수행 평가의 주인공이란 뜻 아니야? 형과 단둘이 미술관을 다녀왔고, 그 덕분에 학교에서 두 사람이 그렇고 그런 관계다 한동안 시끄러웠다는 그 소문 말이다.

'수행 평가 끝나자마자 둘이 소 닭 보듯이 하더라. 정말 딱 숙제 때문에 연락하고 만났던 관계였지. 오죽하면 내가 둘이 싸웠냐고 물을 정도였겠냐.'

혹여 수민 형이 알고 있던 건 겉으로 보이는 한쪽 면이 아니었을까. 보이지 않는, 어쩌면 보여 주지 않은 그 이면에서는 두 사람이 가까운 사이였는지도 몰랐다. 인간에게도 때로는 보호색이 필요하니까. 눈에 띄지 않게 주위의 환경에 적당히 섞여 들어가야 하니까. 도운이가 누구하고도 잘 어울리기 위해 적당히 성격 좋고 적당히 사교성 있는 모습으로 자신의 보호색을 만든 것처럼. 마치 사막의 모래 속에 숨어 버린 방울뱀처럼.

"혹시 그 해송이라는 사람, 그 뒤로 연락해 본 적 없어?"

전화기 너머에서 허탈한 웃음이 날아들었다.

"뭘 연락해. 한 번 같은 조 한 게 전부야. 3학년 때는 반도 달랐고."

"그럼 그 해송이라는 사람이 선생님이 되었다거나 그런 소식은 몰라?"

"네가 말하는 사람이 고등학교 때 같은 반이었던 그 이해송인 지는 모르겠는데? 어쨌든 나랑은 별로 친하지 않아서 개인적으로 연락한 적 없어."

형이 말을 멈추고 음, 하는 소리를 내뱉었다.

"왜? 혹시 해송이가 학교 선생님으로 왔어? 졸업한 모교에 선 생님으로 다시 온다? 전혀 불가능한 일은 아니잖아."

"아니야."

국어 선생님이 진짜 수민 형의 동창인지도 확실하지 않았다. 만 에 하나 천에 하나 진짜 그렇다 하더라도, 그 선생님과 가우디 속 곰솔이 같은 인물이라는 증거는 없다.

"그 이해송이 너희 학교 선생님으로 갔다면, 너 보고 놀랐을 거 다. 뭐, 만약 진이를 기억한다면 말이야. 그런데 지금 생각해 보니 걔 애들한테 평판이 좀 안 좋았어."

"어떻게?"

수민 형이 잠시 뜸을 들이고는 말을 이었다.

"진이 갑자기 세상 떠나고 나서, 나도 한동안 제정신이 아니었어. 나중에 애들이 그러더라, 진이 장례식에 유일하게 안 온 애가 이해송이라고. 둘이 평소 냉랭했던 건 알았지만, 그래도 같은 반 친구가 그렇게 됐는데 기본 예의가 있잖아. 뭐, 자기가 오기 싫고 관심 없다는데 남이 뭐라 할 수 없지만, 참 냉정하고 차가운 애구나 싶었어. 애들도 그래서 한동안 개 멀리했고."

마음속 호수에 바위가 떨어진 기분이었다. 몸이 휘청거릴 정도로 머릿속이 어지러웠다. 혹여 그 시절 수민 형과 반 친구들은 완전히 잘못 짚었던 게 아닐까. 도드라진 한쪽 면만 보고서 반대편에 무엇이 숨어 있는지 모르는 채로. 어쩌면 해송이라는 사람은 형의 장례식에는 절대 갈 수 없었는지도 몰랐다. 단순히 기본 예의를 운운할 사이가 아니기 때문에?

"야, 너 왜 조용해? 듣고 있어?"

"어, 그럼 듣고 있지."

"이 자식, 요즘 자꾸 연락해서 사람 심란하게 만드네? 과거는 왜 들춰내는데?"

"미안, 어쨌든 바쁜데 고마워."

형과의 통화는 그렇게 끝났다. 나는 우리에 갇힌 동물처럼 이리저리 방을 서성였다. 누군가 머릿속에 뿌연 연기를 불어넣은 기분이었다. 도저히 이해할 수 없는 일들만 가득하니까. 형이 사라진 곳을 십 년 넘게 지키고 있는 사람이 있고, 무려 4,140일 만에 접속한 형의 아바타에게 가볍게 인사를 건넸다. 그동안 왜 가우디에 접속하지 않았는지, 지금은 어떻게 지내는지, 가장 기본적인 질문조차 모두 생략했다.

"그런 거였어?"

머릿속을 채운 연기가 서서히 걷히기 시작했다. 가우디에 숨겨진 진짜 비밀은 두 가지였고, 어쩌면 나는 그 수수께끼를 풀 수 있는 답을 찾았는지도 몰랐다.

하나는, 곰솔은 이미 형의 죽음을 알고 있다는 것이다. 그리고 두 번째 비밀은 JIN의 아바타를 뒤집어쓴, 낡은 XR 헤드셋 속에 있는 사람이 누구인지도 눈치챘다는 것이다.

곰솔은 내가 JIN이 아님을, 형의 동생이라는 사실을 알고 있었다.

여름귤

편지 열

　보이지 않는 손이 나를 탈탈 털어서는 영혼만 쏙 빼낸 느낌이
었어. 아니라면 멀쩡히 눈을 뜨고도 꿈을 꿀 수 있구나, 생각했
지. 내가 있는 곳은 말이야, 수업 시간에 반 아이들 삼분의 일만
잠들어도 오늘은 성공했어, 기뻐하는 지독한 현실이야. 복도를
걸으면 "쌤, 안녕하세요." 사방에서 인사가 날아오는데 "어, 그
래. 안……." 말할 땐 이미 모두 나를 스쳐 지난 후지.
　평범하고 지루한 일상에 지각 변동이 일어난 건 새 학기가 시
작된 어느 날이었어. 휴게실에서 우연히 창밖을 내다봤는데, 그
곳에 네가 있었어. 오래전 그날처럼 교복을 입고 친구와 조곤조
곤 이야기하며 걷고 있었지. 그리고 네가 웃었어. 새하얀 봄 햇

살 아래 두 눈이 사라지는 바로 그 미소가 네 얼굴 가득 피어났지. 순간 나는 손에 든 컵을 놓칠 뻔했어. 내가 있는 곳은, 바로 십 년도 전에 졸업한 학교야. 그때는 절대 들어올 수 없었지만 지금은 아무렇지 않게 문을 열 수 있는 교사 휴게실이었지. 복도에는 아이들의 소란이 들려오고, 곧 점심시간이 끝난다는 예비종이 울릴 거야. 그런데 마치 XR 헤드셋을 착용한 채 가상 현실에 들어온 기분이었어. 여긴 가우디가 아닌데, 이젠 그곳에서조차 너를 볼 수 없는데, 어떻게 네가 저렇듯 내 앞에 현실의 모습으로 나타날 수 있을까? 지독한 환영이라 생각했어. 햇살이 아프도록 눈부시고, 바다를 질투한 하늘이 너무 파랗게 단장해서, 이제 막 싹을 틔운 은행나무의 초록 잎들이 소름 돋게 영롱해서, 가상 현실에서는 결코 느낄 수 없는 생명력 강한 자연이 깨어난 진짜 봄이라서, 잠시 너의 환영이 보인 거라 믿었어.

며칠 뒤, 그 신기루는 또렷한 모습으로 내 앞에 다시 나타났어. 마치 당신이 본 것은 절대 환상일 수 없다 말하듯이……

"쌤? 저 우혁이 아닌데요?"

나도 모르게 고개가 돌아갔어.

"저 성이 선우고 이름이 혁이에요. 외자입니다."

그곳에 네가 있었어. 아니, 너와 똑같은 얼굴을 한 채 똑같은 목소리로 말하는 누군가가 있었어. 마치 가우디 속 아바타처럼 말이야. 그 아이는 자신을 선우혁이라 말했어. 혁, 이에요. 명확한 강세를 주었지.

나는 자리에서 일어나 미친 듯이 복도를 뛰었어. 그렇게 노크도 없이 벌컥 교감실 문을 열어젖혔지.

"맞아요. 선우진 동생입니다. 입학식 날 부모님이 먼저 인사를 하시더라고요. 세상에 어떻게 이런 우연이 다 있을까요. 참 기쁘고도 아픈 인연 아닙니까? 안 그래도 조만간 그 아이를 따로 만나 볼 생각입니다."

교감 선생님이 말을 멈추고는 의아한 눈빛으로 물었어.

"그런데 정말 의외다. 해송이 네가 어떻게 알았니? 그 아이가 진이 동생이라는 걸?"

그건 오래전 담임의 얼굴이었어. 유일하게 네 장례식에 가지 않은 열여덟 살의 나를 향한 차가운 시선이었지. 담임은 알 수 없을 테니까. 너와 나의 시간들을, 그리고 그날 밤 무슨 일이 있었는지도.

나는 여전히 네가 없는 정원과 하얀 벽돌집을 돌봤어. 나는 집 짓기 게임의 충실한 유저이자, 세상이 말하는 호구였지. 벌써 십 년 넘게 공유 친구에 머물러 있잖아.

"어? 이거 혹시 가우디 아니에요?"

등 뒤에서 목소리가 들려왔어. 나는 서둘러 가우디 홈페이지를 닫았지.

"미안해요. 뭣 좀 물어보러 왔다가 그만 실례를……. 사실 나도 대학 다닐 때 한참 빠져서 했거든요. 이게 아직도 있구나? 해송 쌤, 가우디에 아직 집 남아 있어요?"

윤리 선생님이었어. 나는 대답 대신 어색하게 웃었지.

"쌤, 또 수업 있으시죠?"

화제를 돌리려, 애써 과장된 얼굴로 물었어.

"1학년 1반인데 오늘은 몇 쪽이냐 묻기만 해도 자는 녀석들이라. 혼자 떠든다고 봐야죠."

윤리 선생님이 허탈하게 웃으며 뒤돌아섰어. 1반은 바로 네 동생이 있는 곳이야. 하지만 그때까지만 해도 절대 상상하지 못했어. 내가 다시 너를 만나게 될 줄은…….

JIN 님이 가우디에 입장하셨습니다.

십이 년 만에 메시지가 울렸어. 십이 년 만에 JIN이라는 이름이 화면에 떴어. 나는 몇 번을 보고 또다시 봤어. 뭔가 잘못되었다고 생각했어. 시스템 오류일까? 해킹이라도 당했나? 어쨌든 무슨 문제가 생긴 것이 틀림없었지. 나는 서둘러 스마트 매트 위에 서서 XR 헤드셋을 착용했어. 그리고 재빨리 가우디로 들어 갔지.

"어떻게 된 거야, JIN이 입장했다니? 무슨 문제라도 생긴 거야?"

아닙니다. 조금 전 JIN 님이 정확히 4,140일 만에 가우디에 입장하셨습니다.

가우디의 안내자인 산새가 말했어.

이제 곧 JIN 님의 정원에 도착하실 겁니다.

온몸이 가늘게 떨렸어. 가상 세계에서 현실감이 없다니 너무 말이 안 되는 소리지만, 그때 내 기분이 딱 그랬어. 머릿속에 진동벨이 울리는 것 같았지. 그리고 누군가 하얀 벽돌집의 문을 열고 안으로 들어왔어. JIN, 바로 너였지.

"오랜만이야?"

순간 알게 되었어. 눈앞에 선 상대는 JIN의 아바타지만 현실의 XR 헤드셋 속에는 전혀 다른 사람이 있다는 사실을. 반쯤 넋이 빠진 얼굴과 신기한 듯 두리번거리는 눈길, 당혹감을 숨기지 못하는 목소리와 무언가를 말하려 애쓰는 모습까지······.

'너 용케 네 형의 비밀을 알아냈구나?'

기억에도 희미한 어느 날, 너는 내게 사진 한 장을 보여 줬지. 마치 네 어릴 적 모습이라 해도 믿을 만큼 똑 닮은 아이를 말이야. 너와 무려 열세 살 차이가 나는, 쌍둥이 같은 동생이라고 했었지. 그 꼬마가 이렇게 커서, 제 형이 남긴 비밀의 문을 열어젖히다니. 조금은 괘씸했지만, 사실 나 역시 아무 말도 할 수 없었어. 만약 네 동생이 나에게 누구냐고, 왜 우리 형의 정원에 있느냐 묻는다면 할 말이 없으니까. 생각해 보면 너와 훨씬 가까운 관계는 내가 아닌 그 아이일 테니까. 이 정원과 하얀 벽돌집의 권리는 어쩌면 나보다 그 아이에게 있는 게 맞을지 몰라.

그날 JIN의 아바타는 도망치듯 정원을 떠났어. 그 덕분에 나는 아주 오랜만에 조금 울었지.

알고 있어. 절대 네가 아니라는 사실을. 그러나 교문만 통과하면 나도 모르게 멍하니 그 아이를 보게 돼. 문득 그 아이가 고개 돌린 곳에 나는 이미 사라지고 없지. 시선이 느껴졌나 봐. 기분 나빴을까? 섬뜩했을까? 아마 조금 신경은 쓰였을 거야.

어느 날이었지. 안 된다는 걸 알면서도, 나도 모르게 그 아이를 불러세웠어. 어쩔 수 없었어. 남색 넥타이를 매고 있었으니까. 파란색과 남색의 그 미묘한 차이가, 나에게는 너무 눈에 띄었거든. 아 망했다, 싶은 표정과 어색하게 웃는 미소를 보며 나는 마음속으로 소리 없이 말했어.

'너 참 잔인하구나.'

이런 나야말로 참 한심하지? 그 아이는 많이 궁금할 거야. 대체 저 곰솔이라는 사람은 누구일까. 왜 형의 세계에 머물러 있을까. 과연 이 모든 질문에 자세하게 대답해 줄 날이 오려나?

학생 때도 가지 않던 학교 도서관을 나는 요즘 정말 자주 가. 사서 선생님이 참 좋은 분이야. 비슷한 또래라 말도 잘 통하고 좋은 책을 추천받기도 해. 가끔 점심시간에 들러 커피도 얻어 마시거든. 습관처럼 도서관 문을 연 날이었어. 날씨가 좋잖아. 황금 같은 점심시간에 도서관에 오는 아이들은 없어. 커피를 마시면서 수다를 떠는데 사서 선생님이 쉿 소리를 내더니 콕콕 서가를 가리키는 거야. 2층도 아닌 1층, 그것도 예술 분야 서가에 누군가 있다네? 우리 학교에 이토록 고상한 취미를 가진 녀석이 있나 싶어서 나는 조용히 걸음을 옮겨 서가로 다가갔어. 그 순간 다리에 힘이 풀리더라. 그 자리에 주저앉고 싶은 걸 안간힘으로 버텼어. 하지만 결국 컵은 내 손을 떠났지. 사서 선생님이 놀라 뛰어오는 동안 나는 온몸이 굳은 채 서 있었어.

좁은 책장 통로에 네가 있었어. 십이 년 전 그 모습 그대로, 『삶과 그림』이라는 책을 펼쳐 보고 있었어. 어떻게 이럴 수가 있을까? 거칠게 뛰던 심장이 그대로 움직임을 멈춘 것만 같았지. 괜찮냐는 사서 선생님께 괜한 핑계를 대고는 도망치듯 도서관을 빠져나왔어. 화장실에 가서 찬물을 틀어 놓고 몇 번이나 얼굴을 닦았어. 그제야 숨이 쉬어지더라. 그제야 정신이 돌아오고 온몸의 감각이 느껴지더라.

"네가 시켰니? 나 좀 놀래 주라고. 혼내 주라고 동생한테 시킨 거야?"

얼굴에 뚝뚝 물이 떨어지는데 한참을 그렇게 서 있었어. 피식 피식 헛웃음이 나오잖아. 현실과 환상이, 시간과 공간이 제멋대로 어그러지기 시작한 거야.

이제 나도 잘 모르겠어. 무엇을 어떻게 어디서부터 이야기해야 하는지, 생각보다 시간은 참 빨리 흐르더라. 그동안 세상은 많은 것이 변했는데 너의 정원만은 여전히 그대로야. 그 이유를 과연 어떻게 설명할 수 있을까? 있잖아. 내가 어떻게 하면 좋을

지 뭐라도 한마디만 해 줄래?

너 정말 한심하다. 네가 그러고도 선생이야? 너 더 이상 열여덟 살 아니잖아. 남의 귀한 동생에게 무슨 장난이야. 이제라도 사실대로 말하고 다 정리해. 이해송, 너한테 정말 실망이다.

어떤 말이라도 좋으니까, 네가 한마디만 해 줬으면 참 좋겠다. 응? 진아, 제발.

"금요일인데 영화나 보러 갈래? 지난번에 말한 그 액션 영화. 난에 아직 안 풀렸잖아."

나란히 보폭을 맞추며 도운이 물었다.

"미안, 나 오늘 약속이 있어서. 영화는 다음에 보자."

"무슨 약속? 누구랑?"

나는 걸음을 멈추고 뒤돌아 학교 건물을 바라보았다. 사실 나도 잘 모르겠다. 오늘 내게 무슨 약속이 있는지, 내가 만날 아바타가 정확히 누구인지.

도운과 헤어지고 터덜터덜 집을 향해 걸었다. 공포나 스릴러 영화에서 꼭 나오는 장면이 있다. 금방이라도 무언가가 튀어나올 듯 으스스한 곳, 사람이 살지 않는 저택이나 오래된 폐건물에 주인공이 제 발로 들어가는 신이다. 미쳤지, 굳이 저길 왜 들어가? 답답해하면서도 안 그러면 스토리 진행이 불가능하겠지 싶었다.

그런데 현실에서도 때론 공포 영화의 한 장면이 연출된다. 부모님에게 거짓말을 하면서까지 굳이 형의 XR 헤드셋을 다시 쓸 필요는 없었다. 곰솔이 누군지 알아서 무슨 이득이 있다고, 아니 오히려 그 세계에 발을 들여놔서 골머리만 썩지 않았는가.

그러니 오늘 같은 날, 모든 것을 잊고 도운과 영화나 보면 그만이다. 공포 영화 속 주인공에게, 제발 그 흉가에 들어가지 마, 지하실에 내려가지 말고, 열어 보지 말라는 곳은 제발 열어 보지 마, 가슴을 치며 소리치듯이 말이다.

그런데 내가 그 답답한 주인공이 되어, 삐거덕 형의 방문을 열어 버렸다. 앞으로 다시는 극본을 쓴 작가를, 연출한 감독과 주연 배우를 욕하지 않겠다 다짐하며…….

가우디의 문을 열기 무섭게 초록 산새가 날아왔다.

반갑습니다, JIN 님. 가우디에 오신 걸 환영합니다.

"혹시 곰솔은 입장했어?"

아닙니다. 아직 곰솔 님은 입장하지 않으셨습니다.

금요일에 가우디에서 다시 보자 한 사람은 분명 곰솔이었다.

곧바로 JIN 님의 정원으로 가시겠습니까?

나는 언제나처럼 초록 산새를 따라갔다. 내가, 아니 JIN의 아바타가 접속하기 무섭게 공유 친구에게 메시지가 날아가면 그 즉시 곰솔이 입장했다. 그런데 오늘은 왜 조용할까? 갑자기 바쁜 일이 생겼나? 곧 중간고사라서 혹시 시험 문제를 출제하느라……. 나는 거칠게 고개를 내저었다. 아직은 곰솔이 정확히 누구인지 확신할 수 없다. 괜스레 넘겨짚는 건 위험하다. 내가 정원을 지나 벽돌집 문을 열 때까지도 곰솔은 나타나지 않았다. 갑자기 급한 일이 생겼는지도, 약속을 잊었는지도 몰랐다. 핸드폰을 꺼 놓았거나, 무음으로 해 놨을 수도 있다. 아니라면, 혹여 가우디에 들어오기가 망설여졌을까?

거실에 걸린 그림은, 선생님 책상에 놓인 그 바다가 틀림없다. 커다란 통창 너머로 숲이 보였다. 사철 푸르른 잔디가 햇살 아래 반짝였다. 나는 2층을 향해 걸음을 옮겼다.

2층에는 소나무 사진이 있었다. 왜 하필 바다와 소나무일까 싶었는데, 이제야 모든 것이 이해되기 시작했다. 그리고 형이 얼마나 이곳을 공들여 준비했는지도 느낄 수 있었다.

발코니에 놓인 두 개의 의자, 서랍장 위에 장식된 방울뱀 인형까지. 이곳의 소유자와 공유 친구는 적어도 상대의 한쪽 면만을 보지 않았다. 조금 더 다양한 각도에서 서로를 보고 싶었을 텐데, 그럴 기회가 너무 적었다. 어쩌면 그 미련과 안타까움이 이렇듯 오랫동안 곰솔을 이곳에 머물게 한 것이 아닐까?

그 순간 초록 산새가 날아와 발코니 위에 내려앉았다.

곰솔 님이 가우디에 입장하셨습니다.

아래층에서 삐거덕 문 열리는 소리가 들렸다. 동시에 가슴도 덜컥 내려앉았다. 이곳은 현실이 아닌 가상 세계이고, 나는 JIN의 아바타다. 그리고 상대는 비슷한 또래의 여학생일 뿐이다. 그 이상은 생각하고 싶지 않았다. 생각해서도 안 되었다. 나는 마른침을 삼키고는 계단을 밟아 내려갔다.

거실에는 어느덧 익숙해진 모습의 아바타가 서 있었다.

"내가 조금 늦었지?"

곰솔의 가슴에 달린 노란 나비가 반짝였다. 단순한 액세서리라 생각했다. 그런데 어쩌면 저 나비에 특별한 의미가 있는지도 몰랐다.

"방금 왔는……데."

'나'라고도, 그렇다고 '저'라고도 할 수 없었다. '왔어요.'나 '왔어.'라고도 말하기 힘들었다. 물론 상대는 내가 누구인지 알겠지만, 적어도 이곳에서만큼은 나는 JIN의 아바타다. '야, 너 참 뻔뻔하다.' 귓속 달팽이관까지 파고드는 소리는 애써 무시하기로 했다.

곰솔이 어깨를 들썩이며 크게 숨을 내쉬었다.

"나 여기 접속하기까지 생각이 좀 많았어."

"……."

"너도 묻고 싶은 거 많지?"

내 예상대로였다. 곰솔은 이미 형의 죽음을 알고 있었다.

"저기……."

"아니, 우선 나부터 할래. 나 오늘 정말 하고 싶은 말이 있거든. 그다음에 네가 묻고 싶은 거 뭐든지 다 물어봐. 솔직하게 대답해 줄게."

그리고 XR 헤드셋 속에 누가 있는지도 알고 있다. 곰솔의 시선
이 벽에 걸린 그림으로 향했다. 잠시 바다를 바라보던 눈빛이 천
천히 나에게로 돌아왔다.

"가우디 시스템에 문제가 발생한 줄 알았어. 해킹을 당했거나
버그가 생겼다고. 그러지 않고서는 말이 안 되잖아. 어떻게 JIN이
가우디에 입장할 수 있겠어."

나직한 목소리가 거실을 울렸다.

"에러가 생긴 거야, 시스템 오류일 거야. 그렇게 생각하면서도
서둘러 가우디로 들어왔어."

"……."

"그리고 네가 내 눈앞에 나타났어."

곰솔이 빙긋이 웃었다. 오랜만에 만난 친구를 향해 인사하던 바
로 그 미소였다.

"여긴 가상 현실이잖아. 그래서 그냥 너라고 믿기로 했어. 시스
템 오류든 버그든, 뭐든 좋으니까. 네가 십이 년 만에 내 앞에 나
타났다는 것만 생각하기로 했어. 알아, 나 이상한 거. 이기적이고
정신 나간 거 알아."

나는 황급히 고개를 내저었다. 잘은 모르겠지만 어쩐지 그래야
할 것 같았다.

"진이 네가 전에 그랬지? 너에게 그런 면이 있는 줄 몰랐다고.

나도 몰랐어. 나에게 이렇게 뻔뻔한 면이 있는 줄 말이야."

"……."

"네가 기회를 준다고 생각했어. 너에게 사과할 처음이자 마지막 기회 말이야. 그래서 오늘 이렇게 내 멋대로 너를 불러낸 거야."

"……."

"미안해. 그동안 한 번도 미안하다 말하지 못해서. 네 마지막 날에 찾아가지 못해서 정말 미안해. 배웅해 주지 못해서 너무 미안해. 그런데 나 정말 갈 수가 없었어. 내겐 그럴 자격이 없잖아."

"……."

"그날 밤, 내가…… 귤 얘기만…… 안 했다면……."

곰솔의 목소리가 힘없이 흩어졌다. 다른 소리는 잘 들리지 않았다. 내 귀에는 귤이라는 단어만 선명하게 날아들었다.

나는 곰솔의 말을 완벽히 이해할 수 없었다. 내가 진짜 JIN이 아니기 때문일 것이다. JIN과 곰솔 사이에는 남들이 모르는 더 깊은, 어쩌면 더 아픈 사연이 있는지도 몰랐다. 그것이 정확히 무엇인지는 굳이 물을 필요가 없었다. 나에겐 그런 권리도 자격도 없으니까.

곰솔이 한 번 더 크게 숨을 내쉬고는 웃으며 두 손바닥을 하늘로 들어 보였다.

"자, 이제 네 차례야. 묻고 싶은 거 마음대로 물어봐."

누구인지 묻고 싶었다. 형의 죽음에 대해 정확히 무엇을 알고 있는지도 궁금했다. 그리고 앞으로도 쭉 형이 없는 이곳을 지킬 것인지도 알고 싶었다. 하지만 나는 결국 고개를 내저었다. 더는 그런 사실이 중요치 않았다. 설령 진실을 듣는다고 해도, 내가 형을 완벽하게 이해할 수는 없을 테니까. 몇 가지 눈에 보이는 사실만으로는 그 사람을 알 수 없을 테니까. 그날 밤 무슨 일이 일어났는지는 오직 형만이 알 수 있을 것이다.

"괜찮아. 어떤 질문도 편하게……."

나는 또다시 도리질 쳤다. 그런 후 찬찬히 형의 공간을 둘러보았다. 없는 용돈으로 가우디에 땅을 구매하고 자재를 샀겠지. 힘들게 집을 짓고 정원을 꾸몄겠지. 형의 우직한 노고를, 오직 한 사람만을 위한 마음을 가만히 두 눈에 담았다.

"안녕히 계세요."

고개를 숙인 후, 왼쪽 허공을 터치했다. 구형 XR 헤드셋이 갑갑하고 무거웠다. 이 세계는 이 마음 그대로 내버려 두고 싶었다. 가우디를 퇴장하시겠습니까? 허공에 메시지가 떠올랐다. 나는 곧바로 '예'를 눌렀다.

그날 밤 나는 잠에서 깨어 밖으로 나왔다. 눈을 비비며 서 있는데 부스럭 소리가 들려왔다. 불 꺼진 주방에 주홍빛 불빛이 반짝였다. 누군가 냉장고 문 앞에 서 있었다.

"혁이 깼어? 왜, 화장실 가려고?"

흐릿한 초점 너머에 또 한 명의 내가 서 있었다. 아니, 나와 똑같이 생긴…… 형이었다. 거인처럼 껑충한 형이 성큼 내 앞으로 와 한쪽 무릎을 꿇었다. 그렇게 나와 눈을 맞췄다. 웃을 때 두 눈이 사라지는 미소가 나와 똑같았다. 아니, 내가 형을 닮은 것이겠지?

"형아."

내 입에서는 이런 말이 흘러나왔다. 형이 두 번째 손가락을 세워 입술에 가져다 댔다.

"쉿! 엄마 아빠 깨시겠다. 형 금방 다녀올게."

형이 조심히 몸을 일으켰다. 참 크고 길다, 문득 그런 생각이 들었다. 코끝으로 진한 귤 향기가 전해졌다. 입 안에 침이 고였다.

"나도 귤."

내가 말했다. 어둠 속에서 형이 고개를 끄덕였다.

"그래. 형이 다녀와서 줄게."

형이 성큼성큼 걸음을 옮겼다. 그런데 아무 소리도 들리지 않았다. 저렇게 큰 보폭으로 걷는데 왜 이리 조용할까?

"형아."

나는 한 번 더 형을 불러세웠다. 어쩐지 형을 이대로 보내면 안 될 것 같았다. 어디를 가는지 물어야 하지 않을까? 언제 돌아오는 지는? 정말 다녀와서 귤을 줄 수 있을까? 엄마 아빠를 깨워야 하 지 않을까? 수많은 질문이 머릿속을 어지럽혔다.

"금방 올 거야."

형은 이렇게 말하며 현관문을 열었다. 그 모습을 보자 갑자기 울고 싶어졌다. 엉엉 소리 내어 울어야 하는데, 엄마 아빠를 빨리 깨워서 형이 내 귤을 몽땅 가져가 버렸다고 일러바쳐야 하는데, 이상하게 울음이 나오지 않았다. 소리를 지르려 해도, 엄마를 부르려 해도, 목소리가 나오지 않았다. 나는 한참을 불 꺼진 주방에 서서 형이 사라진 현관을 바라보았다. 그리고 이내 꿈에서 깨어났다. 침대에서 몸을 일으키자, 후두둑 눈물이 떨어졌다. 꿈의 잔상이 빠르게 증발해 버렸다. 손등으로 눈물을 훔치고는 멍하니 앉아 있었다. 그제야 조금 알 것 같았다. 내가 귤을 싫어하게 된 진짜 이유를…….

─이제야 기억났냐?

고개를 돌린 곳에 파란색 넥타이가 걸린 교복이 있었다.

─먹어도 돼, 인마. 너 어릴 적에 귤 얼마나 좋아했는데. 작은 배가 볼록해질 정도로 오물오물 잘도 먹었지. 그러니까 이제부터라도 잘 먹어. 귤 좋아하면 겨울이 즐겁다.

나는 머리 위를 더듬어 핸드폰을 손에 쥐었다. 프프의 보이스 챗은 꺼져 있었다.

"형, 엄마가 전해 달래. 많이 보고 싶다고."

형은 아무 말도 하지 않았다. 하지만 귓가에 또렷한 대답이 들려왔다.

─나 대신 우리 엄마 아빠 잘 부탁해.

"쳇. 내 엄마 아빠거든."

손끝으로 프프 앱을 길게 눌렀다. 화면에 설치 삭제 메시지가 떴다.

"형, 나중에 보자."

ㅡ그래, 아주 아주 나중에.

나는 삭제 버튼을 눌렀다. 그 즉시 화면에 앱이 사라졌다.

침대를 빠져나와 방문을 열었다. 엄마 아빠가 식탁에 앉아 늦은 아침을 먹고 있었다.

"어제는 초저녁부터 잠들어 있더니, 아침에는 깨워도 모를 정도로 자네. 너 혹시 우리 없는 사이에 술이라도 마셨냐?"

엄마가 여전히 의심스럽다는 표정으로 두 눈을 가늘게 떴다.

"엄마, 귤 어디서 사?"

"허! 저 녀석 자다 일어나서 무슨 귤 타령이야? 너 꿈꿨냐?"

아빠의 입에서 어이없는 웃음이 터져 나왔다. 이 상황이 어이없는 건 나도 마찬가지다. 어디서부터가 현실이고 어디까지가 꿈인지 잘 모르겠다.

"응? 귤 살 데 있어?"

"뭐, 이제 여름이어도 백화점 식품 매장에는 팔겠지. 비싸서 그렇지."

엄마가 말했다.

"너 귤 싫어하잖아?"

아빠가 되물었다.

"어릴 때는 귤 귀신이었지. 생각 안 나? 까 주는 족족 먹는 바람에 그 작은……."

"배가 볼록해졌다는 말은 하지 마."

엄마가 놀란 표정으로 두 눈을 동그랗게 떴다.

"허, 이 녀석 봐라. 이제 독심술까지 하네?"

입 안에 저절로 침이 고였다. 오랜만에 단잠을 잤더니, 몸이 가벼워진 기분이었다. 오후에는 운동 겸 산책이나 다녀와야겠다.

부조는 그 나름의 분명한 아름다움이 있다. 부조 작품을 보며 누구도 조각된 면 너머를 원하지 않는다. 사람도 마찬가지가 아닐까. 타인이 보여 주는 모습을 존중하되, 그것이 전부라 단정 짓지 않으면 된다. 좋은 인상을 주었든, 나쁜 이미지로 남든 간에 말이다. 어른들의 말처럼 열 길 물속보다 깊은 게 인간이니까.

생각해 보면 자연도 한 가지 모습으로 존재하지 않는다. 초록으로 뒤덮여도 은행나무요, 꽃이 져도 벚나무니까. 그런데 은행나무는 가을의 상징이고 벚꽃은 봄의 표상이다. 바라보는 인간들이 그냥 그렇게 의미를 부여했다. 한 사람에게 서로 다른 추억과 이미지가 덧씌워지듯이.

형은 한 명인데, 사람들의 기억 속에는 각기 다른 형이 존재했다. 그건 분명 나도 마찬가지일 것이다. 결국 우리는 모두에게 좋은 기억으로만 남을 수도, 그 반대일 수도 없다.

XR 헤드셋 착용 후 만나게 되는 가상 세계처럼, 누군가를 안다는 사실은 어쩌면 지독한 환상인지도 모른다. 하긴 무언가를 단정 짓기에는 현실이든, 가상 세계든 너무 빠르게 돌아간다. 실제로 지구는 부지런히 태양을 돌고 있으니까. 어느새 성큼 여름이 다가왔다.

"쌤?"

복도에서 밖을 바라보는 건 선생님이든 학생이든 똑같다. 결국 이곳의 모든 이들은 빨리 학교를 벗어나고 싶어 한다는 의미다. 창밖을 보던 선생님이 몸을 돌려세웠다. 하지만 놀라지 않는다. 마치 내가 올 줄 알았다는 듯 편안한 얼굴이다.

"혹시 학교 괴담 알고 계세요?"

"괴담?"

선생님이 되물었다.

"학교를 십 년 넘게 다니는 학생이 있대요. 친하게 지내면 성적이 오른다네요?"

"……."

"선생님은 그 학생을 알고 계실 것 같아서요."

선생님이 엷게 웃었다. 무슨 뜻인지 감이 온다는 표정이다.

"성격 더럽다는 소문은 없어?"

나는 어깨를 으쓱해 보였다. 그건 경험한 사람만이 알 수 있겠지.

"쌤, 제가 며칠 전에 책을 읽었는데요."

"……"

"바닷가에서 자라는 소나무를 곰솔이라고 한다는데 맞아요?"

선생님이 가만히 내 두 눈을 들여다보았다.

"그래, 맞아. 바닷가 소나무를 순우리말로 곰솔이라고 해."

"그렇구나."

나는 잠시 망설이다 등 뒤에 감춘 것을 내보였다.

"감사의 의미로……"

선생님의 시선이 내 손바닥에 놓인 귤 한 알에 닿았다.

"저 예전에 귤 되게 좋아했대요. 작은 배가 볼록…… 아니, 아주 잘 먹었대요. 그런데 언젠가부터 귤을 싫어하게 됐어요. 이상하게 신맛이 입이 아니라 가슴에 퍼지는 것 같아서요. 이제는 조금씩 먹어 보려고요. 선생님도 귤 드셔 보세요."

"……"

"누가 그러더라고요. 귤을 좋아하면 겨울이 즐겁대요."

해송 선생님이 더는 귤을 싫어하지 않았으면 좋겠다. 그것이 JIN의 정원을 만든 이의 진심일 테니까.

"고마워."

귤을 집는 손끝이 가늘게 떨렸다. 나는 꾸벅 고개를 숙이고 걸음을 옮겼다.

"그나저나 1학년, 넥타이는 교칙에 맞는 걸 매야지? 벌써 두 번째야. 선물까지 받았으니, 이번에는 그냥 넘어갈게. 검사받으러 올 필요 없어.”

장난기 다분한 목소리가 계단으로 향하던 걸음을 멈춰 세웠다. 뒤를 돌아보자 선생님이 손에 쥔 귤을 허공에 던졌다가 다시 받고는 싱긋이 웃었다. 교칙에 맞는 넥타이는 얌전히 방에 걸려 있다. 지각도 하지 않았다. 그런데 나는 왜 형의 넥타이를 매고 왔을까. 그 이유는 선생님이 잘 알고 있겠지. 하지만 이제 더는 물어볼 기회가 없다. 내가 사용하기엔 구형 XR 헤드셋은 무겁고 답답하다. 무엇보다 선명하지 않아서 자꾸만 엉뚱한 곳으로 가 버린다. 그러나 한 번만 더 그 세계로 돌아간다면, 만약 이 순간이 마지막 기회라면…….

나는 주위 공기를 모두 빨아들일 듯 깊게 숨을 들이마셨다. 그러고는 크게 소리쳤다.

“이해송?”

귤을 내려다보던 선생님, 아니 해송이 고개를 들었다. 저 귤이 새콤하고 또 많이 달콤하길 바란다. 열린 창으로 쏟아진 햇살이 하얗게 부서져 내렸다. 잠시 두 눈을 깜박이자 빛바랜 사진 속, 껑충한 키에 가려진 그 아이가 교복을 입은 채 복도에 서 있었다.

“몰랐지. 사실 여름귤도 되게 맛있다.”

호수에 내려앉은 달빛처럼 그렁한 두 눈이 시리게 반짝였다. 계절의 회전문은 쉼 없이 돌고 돌아 또 한 번의 여름을 세상에 내보냈다. 바람 끝에 묻어 있는 상큼한 향기가 오래전 기억을 깨웠다.

복도 가득 점심시간 끝을 알리는 종이 울렸다. 나른한 오후 수업도 끝나면 어스름 하늘에 귤빛으로 물든 태양이 걸릴 것이다. 오늘 하루가 누군가에게는 조금 특별하길 바라며 나는 몸을 돌려 도망치듯 계단을 밟아 내려왔다.

아이에게 나는 엄마다. 아주 가끔 낯선 작가가 된다. 남편에게
는 정반대다. 주로 작가이고 간간이 아내가 된다. (남편 미안.) 편
집자에게는 오롯이 작가겠고 오랜 친구에게는 아직 철이 덜 든
불안한 어른이다.

결국 나라는 사람은, 타인이 만들어 놓은 혹은 친근하게 여기는
프레임에 따라 조금씩 다른 내가 된다. 가족도 마찬가지다. 아이
는 집과 학교에서 전혀 다른 얼굴일 것이다. 남편은 직장 업무에
서만큼은 대단한 프로다. (아! 생각해 보니 집안일 역시.)

그런데 인간은 오직 타인의 프레임과 사회적 위치에 따라서만
달라질까? 오래전 십 대의 나와 이삼십 대의 나는 각기 다른 모습
의 개별적 인간으로 지내 왔다. 지금의 나와 십 년 후 나는 또 달
라질 것이다. 모든 이들은 평생에 걸쳐 타인에게도 자신에게도
조금씩 변화된 모습을 보여 줄 수밖에 없다.

주변인들에게 선우진처럼 기억되기란 여간 어려운 게 아니다. 다정한 아들이자 멋진 형, 살가운 친구이면서 모범적인 학생, 그리고 오랜 시간 누군가의 가슴에 깊게 새겨진 첫사랑까지. 이 정도로 완벽할 수 없지만 나 역시 내가 없는 세상이 오면 그럭저럭 괜찮은 사람으로 기억되고 싶다.

"작가님, 사랑 얘기도 써 줘요. 연애 세포 사라졌어요?" 강연에서 한 친구가 장난스레 말했다. 어쩌면 세상 진지했는지도 모르겠다. 물론 연애 세포는 오래전에 사라져 버렸다. 그 탓에 달콤하게 시작하려던 이야기가 아릿하게 마무리되었다. 그래도 엄연한 '사랑' 얘기라고 당당히 주장하련다.

『나나』에 이어 두 번째 장편을 함께했다. 김도연 편집자님은 나에게 한없는 든든함이다.

늘 노트북 앞에 앉아 있어 내 뒷모습이 익숙한 가족들에겐 참회의 사랑을 전한다. 못난 글쟁이를 언제나 반갑게 맞아 주는 전국의 십 대 독자님들, 그대들은 감동과 희망 그 자체이다. 이 책을 함께해 주신 여러분께도 진심 어린 감사를 드린다. 사회는 누군가의 극히 한 부분만을 본다. 여러분의 다채로운 모습과 가능성에 부디 행운과 행복만 가득하시기를 기원한다.

2023년 가을
이희영

창비청소년문학 122

여름의 귤을 좋아하세요

초판 1쇄 발행 | 2023년 9월 22일

지은이 | 이희영
펴낸이 | 강일우
책임편집 | 김도연
조판 | 박아경
펴낸곳 | (주)창비
등록 | 1986년 8월 5일 제85호
주소 | 10881 경기도 파주시 회동길 184
전화 | 031-955-3333
팩스 | 영업 031-955-3399 편집 031-955-3400
홈페이지 | www.changbi.com
전자우편 | ya@changbi.com

ⓒ 이희영 2023
ISBN 978-89-364-5722-8 43810